DURHAM COUNTY LIBRARY
JUL 29 2011
DURHAM NC
DISCARDED BY
DURHAM COUNTY
LIBRARY

LOS GUARDIANES DE GA'HOOLE

Las llamas

KATHRYN LASKY

LOS GUARDIANES DE GA'HOOLE

LIBRO SEXTO

Las llamas

Traducción de Jordi Vidal

Barcelona • Bogotá • Buenos Aires • Caracas • Madrid • México D. F.
Montevideo • Quito • Santiago de Chile

Título original: *The burning*

Traducción: Jordi Vidal

1.ª edición: noviembre, 2010

Publicado originalmente en 2004 en EE.UU. por Scholastic Inc.

© 2004, Kathryn Lasky, para el texto
© 2004, Scholastic Inc.
© 2010, Ediciones B, S. A.
Consell de Cent 425-427 - 08009 Barcelona (España)
www.edicionesb.com

Motion Picture Artwork © Warner Bros. Entertainment Inc.
All Rights Reserved.

Impreso en España - Printed in Spain
ISBN: 978-84-666-4406-8
Depósito legal: B. 35.132-2010

Impreso por LIBERDÚPLEX, S.L.U.
Ctra. BV 2249 Km 7,4 Polígono Torrentfondo
08791 - Sant Llorenç d'Hortons (Barcelona)

Todos los derechos reservados. Bajo las sanciones establecidas en el ordenamiento jurídico, queda rigurosamente prohibida, sin autorización escrita de los titulares del *copyright*, la reproducción total o parcial de esta obra por cualquier medio o procedimiento, comprendidos la reprografía y el tratamiento informático, así como la distribución de ejemplares mediante alquiler o préstamo públicos.

Reinos del Norte

Reinos del Sur

Territorio de Más Allá
Bosque de las Sombras
Velo de Plata
Reinos del Sur
Los Yermos
Reino del Bosque de Ambala
Desfiladeros de San Aegolius
Academia San Aegolius para Lechuzas Huérfanas
N

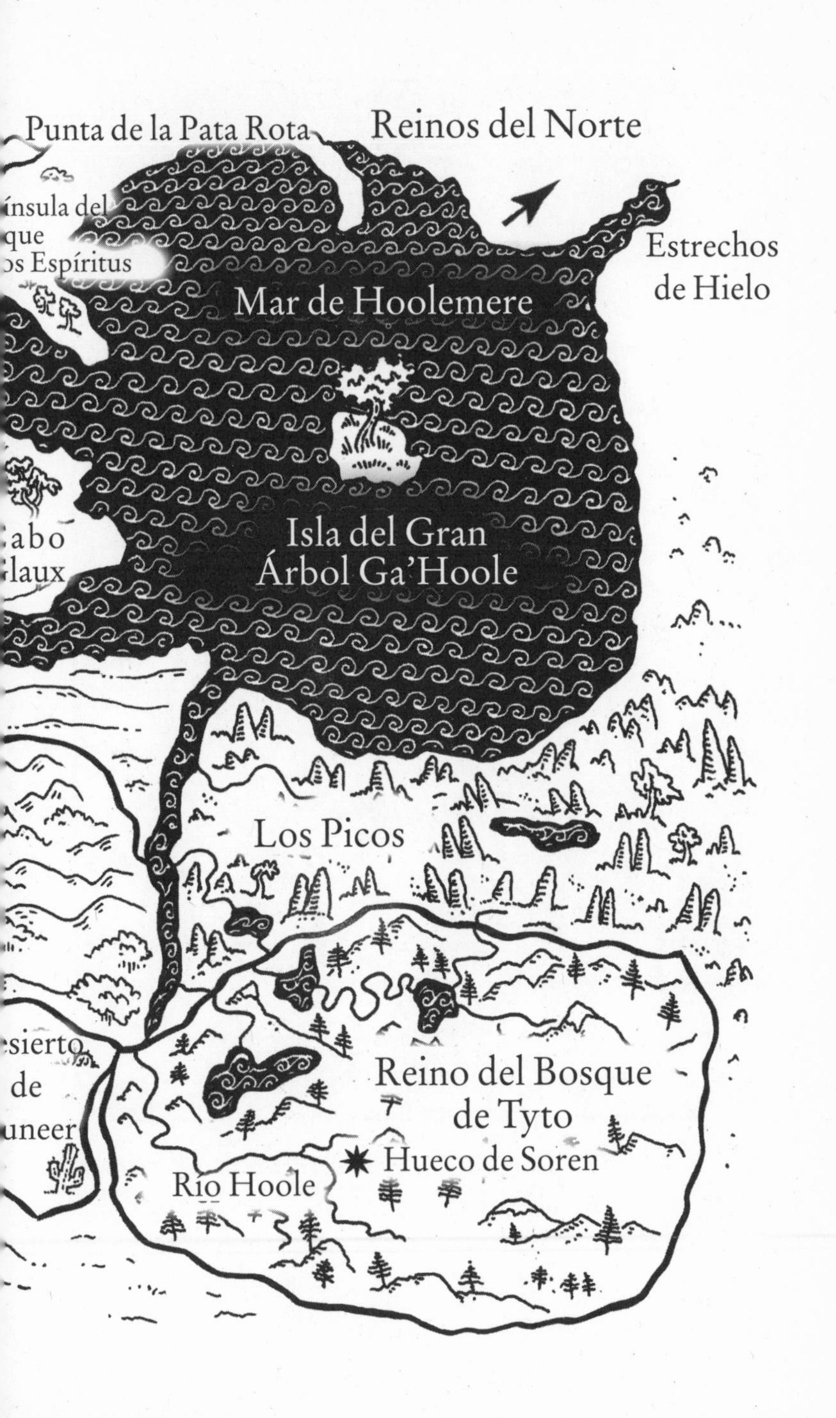
Punta de la Pata Rota
Reinos del Norte
ínsula del
que
s Espíritus
Estrechos
de Hielo
Mar de Hoolemere
Isla del Gran
Árbol Ga'Hoole
abo
laux
Los Picos
sierto
de
uneer
Reino del Bosque
de Tyto
Hueco de Soren
Río Hoole

—Tú eres Hoke, ¿verdad? Eres la serpiente kieliana que Ezylryb nos envió a buscar.

Prólogo

Esta noche se cierra y ha llegado vuestro momento —salmodió Barran, el gran búho nival y monarca del Gran Árbol Ga'Hoole.

Soren sintió un hormigueo de emoción en la molleja. En algunos aspectos parecía que sólo había pasado una noche desde que él, Gylfie, Twilight y Digger habían atravesado aquella niebla cegadora para llegar al gran árbol. Pero en otros aspectos parecía haber transcurrido una eternidad. Ahora estaban posados, listos para hacer el juramento más inviolable de sus vidas: iban a convertirse por fin en Guardianes de Ga'Hoole. Cuando la banda de cuatro, junto con sus amigos íntimos y compañeros de brigada, repetían después de Barran el juramento de los Guardianes, sus voces se mezclaron en una sola:

—Soy un Guardián de Ga'Hoole. Desde esta noche

dedico mi vida a la protección de las aves de presa nocturnas. No flaquearé en mi deber. Apoyaré a mis hermanos y hermanas Guardianes en tiempos de guerra y en tiempos de paz. Soy los ojos en la noche, el silencio en el viento. Soy las garras a través del fuego, el escudo que protege al inocente. No aspiro a portar corona, ni a alcanzar gloria alguna. Y juro todas estas cosas por mi honor como Guardián de Ga'Hoole hasta que mis días en este mundo toquen a su fin. Éste será mi compromiso. Ésta será mi vida. Lo juro por Glaux.

1
Garras a la luz de la luna

—Creía que dijiste que el viento predominante venía del sur —dijo Martin, la diminuta lechuza norteña—. Llevamos dos días luchando contra esta corriente del norte.

—No te preocupes —repuso Twilight—. Amainará tarde o temprano.

—Tarde o temprano... No me sirve de mucho consuelo. Tú me doblas en tamaño, Twilight, y con tu cabezota puedes arremeter contra cualquier cosa.

Sin embargo, no era Martin por quien Soren se preocupaba. Sabía que la valerosa lechucita podía soportarlo casi todo. Al fin y al cabo era miembro de la brigada de recolección de carbón y estaba acostumbrado a afrontar los llameantes vientos de los incendios forestales. No, era Dewlap, el mochuelo excavador caído en desgracia, quien le preocupaba. La habían encontrado culpable de espiar para los Puros durante el largo y peligroso cerco del gran árbol el pasado invierno. Como era bastante vieja, y puesto que Boron y Barran, los monarcas del árbol, veían «circunstancias atenuantes» en el hecho de que hubiera sido engañada por los Puros, no la habían expulsado. En su lugar la llevarían al refugio de las Hermanas de Glaux de la isla de Elsemere, en el mar del Invierno Eterno, donde pasaría el resto de sus días.

Pero eso no era más que una parte de la misión. Después de la isla de Elsemere, Otulissa y Gylfie iban a continuar hasta el refugio de los Hermanos de Glaux para aprender más sobre estrategia de guerra y encontrar en su biblioteca otro ejemplar del libro sobre pepitasia que Dewlap había destruido. Martin y Ruby volarían hasta la isla de las Tempestades en busca de una serpiente kieliana llamada Hoke de Hock.

La parte más importante de la misión, absolutamente vital no sólo para los Guardianes de Ga'Hoole, sino también para todos los reinos de rapaces nocturnas sobre la faz de la tierra, era la de Soren, Twilight, Digger y Eglantine. Debían dirigirse hasta la ría de Colmillos, en la región más al noroeste del mar del Invierno Eterno, para localizar un viejo guerrero llamado Moss. De él, iban a reclutar aliados para la inminente guerra contra los Puros. Por último, se reunirían todos en la isla del Ave Oscura, donde el legendario herrero Orf forjaba las mejores garras de combate que se hubiesen visto jamás.

«Pero con este viento y nuestra velocidad, ¿quién sabe cuándo llegaremos?», pensó Soren. Llevaban ya dos días volando y todavía no habían alcanzado los Estrechos de Hielo. La misión era complicada y además había premuras de tiempo. El invierno llegaba pronto a los Reinos del Norte. No faltaba mucho para que empezaran los temibles vientos katabáticos y los témpanos de hielo obstruyeran el mar, haciendo el agua casi indistinguible de la tierra y la navegación difícil. Soren suspiró al pensar en sus enormes responsabilidades y en el precio del fracaso. En este caso, el fracaso significaba la perdición. Ojalá pudieran volar un poco más rápido. Pero era imposible con Dewlap. Resultaba asombroso que los terapeutas de vuelo del árbol hubieran conseguido que levantara el vuelo.

Dewlap se había quedado tan rezagada que Soren había tenido que mandar a Gylfie a volar con ella. Después a Twilight y, tras él, Ruby. Se habían turnado todos excepto Otulissa. Ésta odiaba a Dewlap con una cólera profunda y permanente desde la muerte de Strix Struma. Otulissa había venerado a Strix Struma, quien se había distinguido en combate y era un pájaro muy instruido. Había muerto en la batalla del cerco. Soren y los demás habían tratado de razonar con Otulissa para convencerla. Dijeron que las rapaces nocturnas solían perecer en combate. Dewlap ni siquiera se encontraba cerca cuando ocurrió aquello. Pero Otulissa seguía creyendo que la muerte de Strix Struma era sólo culpa de Dewlap. Y ahora, como líder de esta misión especial, Soren tendría que ordenar a Otulissa que volara detrás para ayudar a Dewlap.

—La matará, Soren —dijo Gylfie.

—No seas ridícula, Gylfie. Si se enteran de que no hemos dejado a Dewlap sana y salva con las hermanas, nos meteremos todos en un buen lío.

—Hablaba en sentido figurado —respondió Gylfie—. No me refería literalmente a «matarla». Pero ese viejo mochuelo excavador es frágil y está aterrorizada por Otulissa. Eso podría acabar con ella.

Estaban volando en una formación triangular cerrada, lo que les permitía avanzar contra el viento de cara de un modo más eficaz. Soren se desvió hacia el otro lado del triángulo, aquel en el que volaba Otulissa.

—Otulissa, te toca volar con Dewlap.

Otulissa lo fulminó con la mirada. Pero Soren se la devolvió, y sus ojos negros parecieron tornarse aún más negros.

—Esto no es discutible, Otulissa. Soy el líder de esta misión. Si hay guerra...

—¿A qué te refieres con «si»?

—Está bien, cuando haya guerra...

—Una invasión, más exactamente —corrigió Otulissa, aspirando por la nariz.

Soren suspiró. ¡Glaux bendito! Ese cárabo barrado lo sacaba de sus casillas.

—Muy bien, Otulissa, todos sabemos que eres la estratega de la invasión. Entonces tú serás la líder y yo obedeceré tus órdenes. Pero esto no es la invasión. Esto es una misión a los Reinos del Norte y, si no logramos llegar hasta nuestros aliados, no habrá invasión.

—¿Y qué tiene que ver Dewlap con todo esto? Ella es irrelevante.

—Puede que lo sea, pero Elsemere nos queda de camino y es perfectamente lógico que la dejemos con las Hermanas de Glaux. ¿Preferirías que siguiera viviendo en el gran árbol?

Otulissa parpadeó. «Soren tiene razón —pensó—. ¿Quiero que este pájaro viejo y desgraciado viva para siempre sobre mis plumas?» La lógica siempre había atraído a Otulissa. Inclinó el ala, describió un giro y se dirigió hacia el mochuelo excavador que iba detrás.

Soren exhaló un suspiro de alivio al verla volando en la cola. La invasión era algo en lo que Otulissa llevaba meses soñando. Había instado al parlamento de Ga'Hoole, a acabar con los Puros lo antes posible después del cerco del gran árbol. Pero habían esperado demasiado. Sólo unos meses después los Puros habían lanzado un ataque sorpresa, no contra los Guardianes de Ga'Hoole, sino contra San Aegolius, donde una congregación maligna de lechuzas residía en una fortaleza de piedra que abundaba en pepitas. Estas partículas magnéticas misteriosamente poderosas podían no sólo anular las aptitudes de navegación de un ave rapaz nocturna, sino también, en determinadas situaciones, controlar su mente y convertirla en un instrumento mecánico para el mal.

Los pájaros de San Aegolius eran brutos y bastante estúpidos. No tenían idea del poder que la posesión de las pepitas ponía a su alcance. Pero los Puros sí, y cuando San Aegolius cayó bajo sus garras, el parlamento de Ga'Hoole empezó a tomarse a Otulissa más en serio. Se dieron cuenta de que ese contraataque contra San Aegolius no era una cuestión de venganza, sino de absoluta necesidad para la supervivencia de las rapaces nocturnas. La posesión de pepitas en las garras de los pájaros inadecuados desembocaría en un desastre de proporciones inimaginables. Y por eso se decidieron. Debían lanzar una invasión a gran escala de San Aegolius.

Los pájaros de Ga'Hoole no podían hacerlo solos. Necesitarían la ayuda de aves rapaces nocturnas tan expertas en batalla como ellos. El tipo de fuerza de combate de élite que Ga'Hoole requería sólo podía encontrarse en la Liga Kieliana de los Reinos del Norte, de donde Ezylryb había procedido originariamente. Durante más de dos siglos aquellas lechuzas, educadas en una sociedad libre, habían luchado en una de las guerras más largas de la historia de las aves de presa nocturnas contra la Liga de las Garras de Hielo, un régimen brutal situado al este de la Liga Kieliana. Pero finalmente habían ganado.

En un principio, Ezylryb había ordenado que sólo seis de ellos fuesen a los Reinos del Norte. Pero Soren lo había convencido de que era una misión complicada y le había suplicado que permitiera ir a toda la brigada de brigadas. De modo que Martin y Ruby, dos voladores excelentes, se unieron a la misión.

Soren bajó la vista hacia las garras de combate que llevaba, las cuales habían sido forjadas por el legendario herrero Orf. Centelleaban a la luz de la luna. Esas garras habían pertenecido a Ezylryb, en sus tiempos como guerrero y comandante de la legendaria división conocida como las Centellas de Glaux. Pero Ezylryb se las había entregado a Soren. Ahora a la joven lechuza común le vino a la mente el recuerdo del momento de la cesión de las garras. Una vez más, Soren apenas podía dar crédito a lo ocurrido. Todavía le parecía oír la voz de Ezylryb diciendo: «Estas garras son para ti... Son las llaves para acceder a los Reinos del Norte... Todas las aves rapaces nocturnas sabrán que eres mi pupilo. Estás bajo mi protección, como lo estaría un hijo mío.»

¡Un hijo! Esa idea resultaba increíble para Soren, quien se había quedado huérfano a una edad muy temprana, raptado por las horribles lechuzas de San Aegolius, y llevado a su infame «academia» en los desfiladeros. Cuando por fin pudo escapar, comprobó que el viejo hueco donde sus padres habían residido muchos años estaba vacío. Había sospechado que su hermano, Kludd, ahora líder de los Puros, había asesinado a sus padres. Más tarde se había enterado de que el sacrificio de un miembro de la familia formaba parte del juramento que se hacía cuando una lechuza se convertía en un Puro. «¡Qué dos juramentos tan distintos!», pensó Soren al recordar las palabras del juramento de los Guardianes. Ni siquiera podía llegar a imaginarse cuáles serían las palabras de compromiso de los Puros.

El viento había empezado a cambiar de dirección, haciendo que su vuelo resultara más fácil. Ahora soplaba viento de cola, y quizás, esperaba Soren, llegarían a los Estrechos de Hielo antes del amanecer. A Soren no le gustaba volar con luz de día. Incluso en ese territorio agreste y helado del norte podía haber cuervos. Sólo una vez en su vida había sido asaltado por cuervos, y juró que nunca más volvería a volar tan temerariamente de una noche vieja a un nuevo día. Se preguntó cómo debía de irle a Otulissa como acompañante de Dewlap. Tal vez debería retrasarse para comprobarlo.

CAPÍTULO 2

¡Alerta frailecillo!

Yuoy bis
Tuoy bit
Tuoy bim
Nuoy bimish
Vuoyou bimishi
Vuoyven bimont.

—¿Qué te estás diciendo, Otulissa? —preguntó Soren al situarse junto al cárabo barrado.

Le parecía obvio que no dirigía los comentarios que murmuraba, que parecían un galimatías, a Dewlap.

—Estoy practicando verbos irregulares en krakish —contestó ella—. Ya sabes, el idioma de los Reinos del Norte. Por supuesto, la Liga Kieliana tiene muchos dialectos, pero Ezylryb dijo que todas las rapaces nocturnas entienden el krakish básico.

—Ah. Bueno, sólo venía a ver cómo te va.

—Tan bien como era de esperar.

Otulissa aspiró por la nariz y lanzó una mirada de odio a Dewlap, quien parecía completamente ignorante de su desprecio.

—Bueno, con este cambio de dirección del viento deberíamos acercarnos a los Estrechos de Hielo al amanecer —dijo Soren—. Voy a pedir un control de navegación a Gylfie.

Y se alejó del lado de Otulissa.

—Gylfie, ¿hacia dónde vamos? —preguntó, volando junto a su mejor amiga.

—Norte a nordeste, pero con este cambio de dirección del viento nos estamos desviando un poco al oeste. ¿Lo ves? —Gylfie giró la cabeza hacia arriba como sólo un ave rapaz nocturna podía hacerlo—. Estamos a dos puntos de la cola del Pequeño Mapache. Algo complicado, porque estamos tan al norte que las constelaciones aparecen en posiciones distintas en el cielo.

Sí que era complicado, pensó Soren, y se sentía eternamente agradecido por el hecho de que Gylfie fuese una navegadora tan buena. Había recibido instrucción en la brigada de navegación bajo la dirección de Strix Struma, y Gylfie había sido uno de sus mejores alumnos de todos los tiempos. «¡Glaux no quiera que las pepitas confundan nunca la mente de Gylfie!»

—Así pues, ¿crees que llegaremos a los Estrechos de Hielo al amanecer o antes? —preguntó Soren.

—Más bien un poco después —respondió Gylfie. Miró a Soren. Sabía que le preocupaba volar a la luz del día—. Mira, Soren, no puedo imaginarme que pueda haber cuervos por aquí cerca.

—Esperemos que no —repuso él.

Lo que quizá no habían podido llegar a imaginarse era la presencia de frailecillos que volaban de forma temeraria.

La niebla había espesado la noche en remolinos grises, ocultando las estrellas y la luz de la luna, y aún faltaban por lo menos dos horas para que amaneciera. Habían avanzado bastante. Tenían el viento firmemente tras ellos, aumentando su velocidad en dos o tres nudos, cuando de repente, del aire espeso, irrumpió a toda velocidad un bulto blanco. Luego un graznido hendió la niebla.

—¡Alerta frailecillo!

—¡Oh, lo siento, lo siento! ¿Te ha esquivado? —preguntó un frailecillo adulto a Digger.

—Por los pelos —resolló Digger. Y añadió—: ¡Demonio! ¿Dumpy?

—¡Dumpy! —exclamaron con asombro Soren, Gylfie y Twilight.

—¿Dumpy? —Martin se volvió hacia Ruby—. ¿Qué clase de nombre es ése?

—¡El mío! ¡El mío! —respondió el frailecillo—.

Y éste es Pequeño Dumpy, mi hijo. Creíamos que no volveríamos a verte, Soren.

—¿Pequeño Dumpy? ¿Hijo? No me digas que eres padre —dijo Soren, pasmado.

El frailecillo más grande volaba ahora con el joven bien cobijado debajo de su ala.

—Sí, sí. ¿No es maravilloso?

—¿Maravilloso? Pero si tú eres más joven que nosotros —dijo Soren al recordar cómo la banda de los cuatro había sido arrastrada sin querer hasta los Estrechos de Hielo muchas estaciones atrás. Habían estado buscando Ga'Hoole, pero una turbulencia los había aspirado hacia el norte y se habían estrellado contra la pared este de los estrechos, donde habían dado con una familia de pájaros de lo más peculiar, los frailecillos—. No puedo creer que seas padre.

—Sí, lo soy. Los frailecillos somos así. Maduramos pronto.

Soren y Gylfie se miraron. Los dos pensaron lo mismo: «Maduro y listo son dos cosas distintas. Los frailecillos son las aves más estúpidas que existen... incluso cuando ya han madurado. ¡Y ahora es padre! Absurdo.»

—¿Estamos cerca de los Estrechos de Hielo? —preguntó Gylfie.

—No lo sé, sois vosotros los que tenéis cabeza.

Dumpy gorjeó como loco. Gorjear era el modo en que los frailecillos se reían.

—¿Qué estás haciendo aquí fuera, y cómo es posible que tu polluelo haya estado a punto de chocar contra mí? —preguntó Digger.

—Oh, habéis venido en una época estupenda —contestó Dumpy.

—¿Y qué época es ésa? —quiso saber Soren.

—Frailecillos-congregados-en-bandada-nocturna.

—¿Frailecillos qué? —preguntó Twilight, y luego gruñó—: ¡Eh, lárgate! —cuando otro pequeño frailecillo se estrelló contra su ala izquierda.

—Frailecillos-congregados-en-bandada-nocturna es la noche en que los frailecillos hacen su primer vuelo sobre el océano. Pero a menudo chocan contra cosas o se estrellan contra el suelo.

—Sí, ya lo vemos —dijo Soren.

Y anotó mentalmente: «Los frailecillos son unos voladores tan torpes que no deberían enseñar a volar a ningún pájaro.»

—¡Los Estrechos de Hielo! —gritó Gylfie—. Justo enfrente.

—¡Oh, me alegro de que alguien sepa adónde vamos! —exclamó Dumpy alegremente—. Ven, mi Pequeño Dumpy. Sigue a papá, y papá seguirá a estos pájaros listos.

Unos minutos después se metieron todos en uno de los numerosos nidos de hielo que salpicaban las paredes congeladas de los estrechos. Los frailecillos anidaban en las grietas y los agujeros de la roca que tan bien se les daba encontrar en los acantilados revestidos de hielo.

«También son muy buenos pescadores», observó Martin.

—¡Mirad eso! —dijo cuando se posó en el borde del nido y bajó la vista hacia la pareja de Dumpy.

El frailecillo hembra acababa de llegar con la boca llena de peces y los iba colocando ordenadamente en fila en el suelo del nido.

—¡Oh, Tuppa! Estupendo, querida, estupendo —dijo Dumpy—. ¡Qué pareja tengo!

La miró con ojos amorosos, y luego al pescado con idéntica adoración.

—Dime, Dumpy, amor mío, ¿cómo se le ha dado a nuestro Pequeño Dumpy en Frailecillos-congregados-en-bandada-nocturna? ¿Muchos choques?

—Oh, sí, muchos. ¡Muchísimos!

—¡Oh, bien!

Tuppa se elevó ligeramente del suelo del hueco de hielo y movió regocijada sus patas de color naranja intenso.

—Discúlpeme, señora. —Digger dio un paso adelante—. Pero siento curiosidad. ¿Por qué está bien que su hijo choque mucho cuando aprende a volar?

Tuppa se detuvo en seco. Entonces su pico empezó a chasquear ruidosamente y una lágrima se derramó de uno de sus ojos.

—¡Vamos, vamos, querida!

Dumpy se acercó y la acarició.

—¿Qué he dicho? —preguntó Digger—. No pretendía herir sus sentimientos.

Para entonces Tuppa se había echado en el suelo del hueco de hielo. Su inmenso pecho se agitaba sacudido por sollozos.

—No es nada —dijo Dumpy.

—¡Nada! —graznó Tuppa, y en un abrir y cerrar de ojos volvía a estar de pie y daba un zurriagazo a su pareja—. ¿Llamas nada a esto? ¿Nuestro único hijo se marcha de casa y lo llamas nada?

—¿Se marcha? —preguntó Digger.

—Sí. Cuando un frailecillo joven aprende a volar, se va. Eso es. ¡Desaparece!

Tuppa empezó a sollozar otra vez.

—Lo estoy deseando —dijo Pequeño Dumpy—. No tengo miedo, y no dejo de decirle a mamá que volveré. Vendré a verla continuamente.

—¡Eso dicen todos! —exclamó Tuppa—. Pero no lo hacen, ¿verdad? ¿Lo hacen, Dumpy?

—No. Somos demasiado estúpidos para encontrar el camino de vuelta al nido en el que nacimos —respondió Dumpy padre.

A Soren le pareció que Tuppa seguía esforzándose por contener las lágrimas cuando de repente abrió los ojos alarmada. Miraba fijamente hacia un rincón del nido de hielo.

—¿Qué es esa cosa de ahí..., ese..., ese montón de plumas sucias?

—Ay, Dios mío —murmuró Gylfie.

—Déjeme explicárselo. —Soren dio un paso al frente—. Ésa es un mochuelo excavador anciano. No se encuentra nada bien, y nos han encargado llevarla con las Hermanas de Glaux de la isla de Elsemere.

Tuppa se acercó un paso más a Dewlap y la observó con atención. La rodeó como para examinarla desde todos los ángulos. De repente, se dejó caer ruidosamente junto al montón de plumas sucias.

—Tráeme ese pescado pequeñajo, Pequeño Dumpy.

—¿A qué te refieres con «pequeñajo»? ¿Es así como llamas a un pescado pequeño? ¿Pequeñajo, y a uno gordo «grandajo»? —preguntó Pequeño Dumpy.

—¡Tráelo de una vez! —graznó Tuppa.

—Está bien, está bien. No te enredes las plumas, mamá. —Entonces murmuró en voz baja—: Estoy deseando marcharme de aquí.

Pequeño Dumpy trajo un pescado a su madre y Tuppa empezó a dárselo a Dewlap, sin dejar de arrullar y dando al viejo mochuelo excavador instrucciones amables sobre cómo debía comérselo.

—Sí, cielo, eso es. Primero la cabeza, así es como lo hacemos nosotros. Sí, también los ojos, ésa es la parte más sabrosa. No puedes perderte esos ojos. Están de rechupete. —Tuppa miró a su pareja—. ¿Puedo quedármela, querido?

—No es un bebé, Tuppa —dijo Dumpy.

—¡Por todos los hielos, ni siquiera es un frailecillo, mamá! ¡Hasta yo lo sé! —chilló Pequeño Dumpy.

—Pero fijaos en lo dulce que es, comiéndose los ojos y todo —dijo Tuppa.

—Yo me comí todos los ojos que me diste —protestó Pequeño Dumpy mientras observaba con envidia las atenciones que su madre deparaba a Dewlap.

—¿Puedo quedármela? —repitió Tuppa.

—¿Estoy siendo sustituido por un mochuelo viejo y desgreñado? —gimió Pequeño Dumpy—. ¡Bueno, esto es el colmo!

Antes de que alguien pudiera detenerlo, Pequeño Dumpy se dirigió hasta el borde del nido de hielo y se arrojó al viento.

—¡Vuela! —gritó Dumpy—. ¡Se marcha! No hay nada como sentirse ofendido para que uno abandone el nido.

—Sí, siempre da resultado. ¿No es así, querido? —dijo Tuppa.

Todas las rapaces nocturnas estaban completamente desconcertadas.

—Pero yo creía que había dicho que quería que se quedara —dijo Soren—. Estaba sollozando hace sólo un minuto.

—¿Qué es un minuto? —preguntó Tuppa.

—¡Una cantidad muy pequeña de tiempo! —casi bramó Gylfie—. Y hace un minuto estaba sollozando.

—Ya lo sé. Soy inconstante, ¿verdad? Pero me gustaría mucho quedarme con este mochuelo.

—Ojalá —murmuró Otulissa.

—No, no, no. —Soren dio un paso al frente—. No es posible. Tenemos órdenes, y debemos llevarla con las Hermanas de Glaux.

—Entiendo —dijo Tuppa—. Bueno, supongo que tendré que poner otro huevo la temporada que viene. Me pregunto si podría empollar un frailecillo viejo. No son tan insolentes, ¿sabéis?

—Pero los polluelos son muy divertidos —comentó Dumpy.

—Sí —terció Soren—. Estoy seguro de que un polluelo de frailecillo será mucho más de su gusto que un mochuelo excavador viejo.

—¿De mi gusto? —exclamó Tuppa alarmada—. No voy a comerme el polluelo, ni el mochuelo excavador. ¡Qué salvajada!

—Oh, no, señora —replicó Soren—. No me refería a eso. Es sólo una expresión.

—¿Expresión? ¿Qué es una expresión? —preguntó Tuppa.

—Creo que es una clase de pescado, que se encuentra principalmente en las aguas del sur —dijo Dumpy.

«¡Oh, demonio! Ya estamos otra vez», pensó Soren.

CAPÍTULO 3

La Daga de Hielo

Estoy agotada! —dijo Gylfie mientras remontaban los Estrechos de Hielo—. Completamente agotada.

—¿Cómo puedes estar agotada? —preguntó Soren—. Tenemos viento de cola, y sólo llevamos cinco minutos volando.

—¿Qué es un minuto? —dijo Gylfie con voz burlona—. ¿Qué es una expresión? ¿Qué es esto? ¿Qué es lo otro? Esto es lo agotador, Soren. No podía soportar ni un segundo más, y no digamos un minuto más, su estupidez. Por el amor de Glaux, ¿cómo han podido sobrevivir tanto tiempo como especie?

—Bueno, hay distintas clases de inteligencia —contestó Soren.

—¿No querrás decir que hay distintas clases de estupidez?

—No exactamente. Nosotros seríamos estúpidos aquí arriba. Más estúpidos que los frailecillos. Se requiere una clase especial de inteligencia para vivir en el norte. ¿Qué sabemos nosotros de pescar y de encontrar huecos en paredes de hielo?

—Hum —repuso Gylfie en un tono que indicaba que estaba muy poco convencida de la inteligencia de los frailecillos.

—Bueno, ¿cuál es nuestro rumbo hacia la Daga de Hielo? —preguntó Soren.

—Directo hacia el norte. No deberíamos tener ningún problema para divisarla, sobre todo en una noche serena como ésta. Ezylryb dice que sale verticalmente del mar del Invierno Eterno como una hoja.

—Supongo que es de allí de donde sacan las espadas de hielo.

—Eso dicen —respondió Gylfie.

Era en la Daga de Hielo donde la brigada de brigadas se dividiría para cumplir con sus diversas tareas en los Reinos del Norte antes de reencontrarse. Hasta entonces, Soren y Gylfie siempre habían estado juntos en sus misiones. Pero ahora, por primera vez desde que se habían conocido, no tardarían en separarse en direcciones opuestas. Sería una sensación extraña. Pero no podían evitarlo. Cada uno había recibido encargos específicos de sus dotes naturales.

—¡Daga de Hielo a la vista! —gritó Twilight.

Una enorme hoja de hielo dentada surgía del mar

y acuchillaba la negrura de la noche. Soren se acercó a Twilight, quien volaba en la punta de la formación.

—¡Fíjate en eso! —exclamó Twilight lleno de admiración—. Dicen que nunca se derrite. Es por eso que pueden forjar esas fantásticas espadas de hielo a partir de ella. Piensa, Soren, en lo que podríamos hacer con espadas de hielo.

Armas, lucha, guerra en general: eso era lo que ocupaba la mente de Twilight la mayor parte del tiempo. Y él era un guerrero formidable. Podía luchar con cualquier cosa, desde una rama ardiendo y garras de combate hasta su lengua, que era tan afilada como cualquier arma cuando soltaba sus insultantes versos, con los cuales era capaz de hacer que un enemigo se desmadejara y cayera al suelo. La posibilidad de contar con otra arma —¡espadas de hielo!— era casi más de lo que la molleja de Twilight podía soportar. A Soren le parecía oír las contracciones nerviosas de la molleja del cárabo lapón. «Le está dando saltos por dentro, estoy seguro.»

Parecía imposible que en aquella hoja helada y afilada que surgía del mar pudieran encontrar algún sitio donde posarse, pero había una protuberancia hacia la cuarta parte de la pared que asemejaba el puño de una espada. Fue allí donde tomaron tierra.

El viento se arremolinaba alrededor de la hoja de hielo, que relucía a la luz de la luna como una daga marina encantada sacada del turbulento mar por alguna criatura acuática invisible. Soren casi podía imaginarse una garra debajo de la superficie empuñando aquella hoja. Por más que lo intentaba, no acertaba a entender cómo podían construirse otras hojas a partir de la Daga de Hielo, que le parecía irrompible. ¿Cómo podían las lechuzas de los Reinos del Norte arrancar un trozo que sirviera de espada? Decían también que no había nada tan afilado como una espada de hielo y que, si se tenía buen cuidado de ella, no se derretía ni siquiera en presencia del fuego.

Twilight ya no podía estarse quieto y había empezado a volar en círculos alrededor de la Daga de Hielo para examinarla con mayor detenimiento.

—Veo grietas donde pueden haber arrancado trozos. ¡Glaux!, estas aristas parecen muy afiladas. Tened cuidado cuando os poséis por aquí.

Le chispeaban los ojos.

—Ya basta, Twilight. Tengo que decir unas palabras antes de que nos separemos. —Soren tosió un poco y se dirigió al grupo—: Todos sabemos lo que debemos hacer. Y sé que todos cumpliréis con vuestra misión lo mejor que podáis. Gylfie y Otulissa, vosotras iréis directamente desde aquí hasta el refugio de las Hermanas de Glaux para dejar a Dewlap, y luego os dirigiréis hacia los Hermanos de Glaux en el mar Amargo. Ruby y Martin, vosotros seguiréis hasta la isla de las Tempestades, el lugar donde nació Ezylryb, en la bahía de Kiel y localizaréis a la serpiente kieliana llamada Hoke de Hock. Digger, Twilight, Eglantine y yo iremos a la ría de Colmillos en busca de Moss. Una vez que cada grupo haya terminado su tarea asignada, ya sea búsqueda o petición de aliados, nos dirigiremos hacia la isla del Ave Oscura. Nos reuniremos todos allí la última noche de luna menguante. Recordad que no podéis retrasaros. El invierno llega pronto aquí. Los vientos katabáticos empujan el hielo, y si éste obstruye los canales y los pasos, no podremos distinguir entre una isla y el continente. Quedaremos aprisionados por el hielo. Así es cómo lo llaman.

Todos los pájaros guardaron silencio, como si cada uno se imaginara el terrible destino de quedar aprisionado por el hielo, encerrado para siempre en aquel lugar helado.

Soren levantó la vista hacia el cielo. Unas nubes pasaban sobre la luna y proyectaban sombras que se movían sobre la Daga de Hielo. Experimentó un estremecimiento en la molleja.

—Ahora es luna llena —prosiguió—. Faltan catorce noches para la última noche de la luna menguante, cuando volveremos a encontrarnos. —Soren miró a cada uno de los pájaros plantados frente a él sobre el puño de la Daga de Hielo—. Así pues, buena suerte y que Glaux os proteja.

Levantó las alas, las sacudió una, dos veces, y levantó el vuelo en medio de la noche. Eglantine, Digger y Twilight lo siguieron.

Las garras de combate de Ezylryb empotradas en

los dedos de Soren brillaron intensamente a la luz de la luna. Una vez más, Soren evocó las palabras de Ezylryb: «Estas garras son las llaves para acceder a los Reinos del Norte.»

«Así sea —pensó Soren—. Así sea.»

CAPÍTULO 4

Un círculo de árboles blancos

¡Uf! Espero no volver a ver nunca más a ese viejo pájaro chiflado —dijo Otulissa cuando levantaban el vuelo desde el refugio de las Hermanas de Glaux.

Habían dejado a Dewlap al cuidado de la madre superiora. Gylfie había intentado despedirse, pero Dewlap se había quedado mirándola, parpadeando, con una expresión ausente e incomprensiva en los ojos. «La cuidaremos mucho, querida —había asegurado la madre superiora—. No te preocupes.»

Gylfie y Otulissa habían tratado de mostrarse preocupadas, pero no lo estaban. Sencillamente sentían alivio una vez terminada esta parte de su misión. Trazaron dos elegantes arcos en el cielo cada vez más oscuro y salpicado de estrellas.

—Estoy deseando llegar al refugio de los Hermanos de Glaux —dijo Otulissa—. ¿No te das cuenta, Gylfie, de que nos dirigimos hacia la mejor biblioteca de todo el universo de las aves rapaces nocturnas?

—Bueno, sabiendo que sólo hay tres —la nuestra en Ga'Hoole, la de San Aegolius y la suya—, no me parece gran cosa.

—Oh, no seas así.

—¿Cómo? —repuso Gylfie.

—Ya sabes. Tan... negativa —murmuró Otulissa.

—No soy negativa, sólo que me trae sin cuidado lo maravillosa que sea su biblioteca. El modo en que estas lechuzas viven aquí deja bastante que desear.

—No te han gustado las madrigueras del refugio de las Hermanas de Glaux.

—Yo no soy un mochuelo excavador.

—Bueno, ellas tampoco. Pero ¿qué se puede hacer? Por aquí cerca no hay árboles —razonó Otulissa.

—Eso es quedarse corto. Ya ni recuerdo la última vez que vi un árbol.

Gylfie soltó un suspiro más bien nostálgico.

—La mayoría de las rapaces nocturnas de aquí arriba son búhos nivales. Los búhos nivales están acostumbrados a vivir en el suelo. Por lo menos, eso he leído.

—Pues bien, yo no soy un búho nival, y nuestros aposentos en el refugio de las hermanas no me han parecido demasiado cómodos.

Gylfie bajó la vista hacia el paisaje agreste y helado. «Siento añoranza de un árbol —pensó—. ¿Cuánto hace que no duermo en uno?» Echaba mucho de menos el Gran Árbol Ga'Hoole. Echaba de menos el crujido de la madera en medio de un fuerte vendaval. Echaba de menos el movimiento de las enredaderas mecidas por una suave brisa de verano. Echaba de menos el olor almizcleño de la madera en un día húmedo de lluvia. Echaba de menos el musgo de su propio nidito en el hueco que compartía con Soren, Digger y Twilight. Echaba de menos la portilla del hueco que enmarcaba el cielo, que era como el cuadro más hermoso pero siempre cambiante. A veces había nubes que hacían cabriolas como un rebaño de animales lanudos sobre el firmamento azul, y otras veces, cuando se ponía el sol, el cielo se teñía de anaranjados intensos y rosados llameantes. Luego las nubes se extendían y le recordaban ballenas nadando a través de un horizonte encendido en los confines del mundo. Gylfie echaba de menos todo aquello. Y pensar que hubo un tiempo en el que vivió no en un árbol, sino en el hueco de un cactus alto y espinoso en el desierto. Pero eso quedaba tan lejos que casi parecía una fantasía, un cuento que se había inventado sobre un pequeño mochuelo duende que había vivido feliz en el desierto de Kuneer con su mamá y su papá.

—¡Gylfie! ¿Me estás escuchando? —le gritaba Otulissa al oído.

—Oh, lo siento.

Había dejado de prestar atención a Otulissa cuando el cárabo barrado había empezado a extenderse sobre la biblioteca, la investigación que pensaba llevar a cabo y todos los grandes intelectos con los que iba a mantener intensas y maravillosas discusiones.

—Te he pedido una comprobación del rumbo. Tú eres la navegante, ¿no es cierto?

—Sí, sí... Veamos. —Gylfie giró la cabeza casi por completo y después la enderezó—. ¡Oh, Gran Glaux!

—¿Qué ocurre?

—Pues eso: la constelación de Gran Glaux. Estamos en los Reinos del Norte, no hay duda. Aquí es todavía más hermosa. Nunca llegamos a verla en esta época del año en el gran árbol. —Gylfie hablaba llena de admiración—. Estoy viendo constelaciones de las que Strix Struma sólo pudo hablarnos. Mira hacia estribor, allí: el Oso. ¿No es magnífico? Y fíjate en las estrellas de sus patas. ¿Ves que son ligeramente verduzcas? Y allí, un poco hacia el sur, está la corona de Hoole y...

—Pero Hoole no llevaba corona —interrumpió Otulissa—. ¿Recuerdas la leyenda? He estudiado todo el ciclo de las Aguas del Norte.

«Oh, ya está otra vez. Va a analizar una leyenda», pensó Gylfie. Las leyendas estaban hechas para contarlas y oírlas, no para analizarlas. Y Gylfie se sabía ésta de memoria y de molleja. Jamás la olvidaría. En

San Aegolius, cuando Soren le había susurrado esa leyenda en el resplandor de la cámara de escaldadura de luna donde los habían puesto para castigarlos, los había salvado. Las leyendas les despejaron la mente y les ayudaron a resistir el mortífero fulgor de la luna en aquella celda de piedra blanca. Ahora Gylfie evocó la voz de Soren: «Érase una vez, antes de que hubiera reinos de lechuzas, en una época de guerras sin tregua, una lechuza nacida en el país de las Grandes Aguas del Norte que se llamaba Hoole. Hay quien dice que le echaron un encantamiento en el momento de salir del huevo, el cual le confirió unas dotes naturales de extraordinario poder. Pero lo que se sabía de esa lechuza era que movió a otras a grandes y nobles gestas y que, aunque no portaba ninguna corona de oro, las lechuzas la reconocían como rey, por cuanto su buen talante y mejor conciencia la ungían, y su espíritu era su corona.»

Pero mientras Gylfie había estado mirando hacia arriba, Otulissa había estado mirando hacia abajo.

—¡Mira, Gylfie, árboles!

—¿Árboles? ¿Dónde?

—Ahí abajo, en esa isla.

—¡Vaya, estamos aquí! —exclamó Gylfie—. Rumbo al refugio de los Hermanos de Glaux. Ésta es la isla. Y hay árboles altísimos, como en...

—¡Sí, como en la leyenda! —Y Otulissa se puso a recitar la historia—. Había nacido en un bosque de árboles altos y rectos, en un momento en que discurrían despacio los segundos entre el último minuto del año y el primer minuto del nuevo, y aquella noche el bosque estaba recubierto de hielo.

—Otulissa —dijo Gylfie con voz pausada—. ¿Estás pensando lo mismo que yo?

—¿Que éste es el lugar donde nació Hoole?

—Éstos son los únicos árboles que hemos visto desde antes de los Estrechos de Hielo.

—¡Tienes razón, Gylfie! Y, desde luego, tiene mucho sentido que los Hermanos de Glaux instalaran su refugio aquí... Bueno..., bueno..., Gylfie, deben de tener los manuscritos originales. ¡Oh! ¡Estoy deseando llegar! ¡Oh, siento que mi cerebro va a estallar de impaciencia!

«Lo dudo», se dijo Gylfie.

Se consideraba que era verano en los Reinos del Norte. De modo que el bosque no estaba recubierto de hielo como sí lo estaba cuando Hoole había nacido. Pero aún había manchas de nieve en el suelo. Los primeros rayos rosados del alba empezaban a abrirse paso en el cielo. Los árboles eran los más rectos que Gylfie había visto nunca. Eran abetos, y sus agujas y su corteza parecían tinta negra recortada sobre el pálido amanecer. Parecían crecer tan apretados que, al principio, los dos pájaros se preguntaron cómo podrían pasar a través de ellos. Pero cuando bajaron se dieron cuenta de que no estaban tan juntos como habían creído. Los rayos de luz horadaban el bosque y todo parecía chispear y relucir. Las gotitas de agua sobre las agujas refractaban la luz y la dividían en incontables haces diminutos. Tenían la sensación de estar volando a través de una telaraña enjoyada de luz y rocío.

—¿Cómo vamos a encontrar el refugio? —preguntó Otulissa.

—No lo sé —contestó Gylfie.

—Bueno, tú eres la navegante.

—Navegante de vuelo. El cielo. Las estrellas. Pero no navegación terrestre.

Gylfie volvió la cabeza, buscando alguna señal que pudiera indicar dónde residían los Hermanos de Glaux. Siguieron volando, abriéndose camino a través del mágico laberinto forestal. Al cabo de casi una hora, llegaron a un lugar donde los árboles disminuían en número y Gylfie avistó algo más adelante que la intrigó.

—Posémonos en el próximo árbol —susurró a Otulissa.

Las dos jóvenes aves se posaron sobre una rama delgada.

—Mira hacia allí —susurró Gylfie.

Otulissa parpadeó. A través de los abetos se veían los abedules más blancos que cualquiera de ellas había conocido nunca. Los árboles crecían en una circunferencia perfecta. Y luego, si uno observaba con mucho detenimiento, como Gylfie hacía ahora, había algo más.

—Hay un ave de presa nocturna —susurró Gylfie a Otulissa.

—¿Dónde? No la veo.

—Allí, unos centímetros delante de ese tronco.

Gylfie señaló con un dedo para indicar el árbol que estaba mirando.

—No veo... —empezó a decir Otulissa, pero entonces se interrumpió—. Espera. ¡Glaux bendito, es un búho nival!

Pero no había sólo un búho nival, sino media docena montando guardia, su plumaje blanco con alguna que otra mancha oscura confundiéndose perfectamente con la corteza blanca de los árboles que tenían detrás. Gylfie y Otulissa habían llegado al refugio de los Hermanos de Glaux.

CAPÍTULO 5

La ría de Colmillos

Ese nombre me preocupa —dijo Digger, bajando la vista hacia la estrecha franja de agua que estaban siguiendo.

—¿Qué nombre? —preguntó Soren.

—El del lugar donde estamos: la ría de Colmillos. Colmillos..., bueno, ya sabéis que ninguno de nosotros guarda un buen recuerdo de ellos.

—Ah, ese lince —repuso Twilight con desdén.

Cuando la banda de los cuatro había realizado su largo viaje hasta el Gran Árbol Ga'Hoole, habían tenido un encuentro de lo más desafortunado con un lince terriblemente hambriento. Digger, Soren y Gylfie no habían visto nunca unos colmillos tan largos y horribles. Twilight, en cambio, aseguraba haber visto muchos en sus tiempos. Habiendo quedado huérfano casi inmediatamente después de nacer, Twilight se había educado a sí mismo, había aprendido a volar solo y había tenido una vida repleta de aventuras y peligros increíbles casi antes de llegar a mudar su primer plumaje.

—¿Ese lince, dices? Creo recordar, Twilight, que no te pareció precisamente una experiencia relajante —dijo ahora Soren con voz más fuerte.

A veces a Soren le resultaba más irritante el hecho de que Twilight se negara a reconocer más el miedo que su fanfarronería.

—No precisamente relajante —respondió Twilight—, pero ahora mismo no se me ocurre la palabra adecuada.

—¿Vigorizante, quizás? ¿Estimulante? —propuso Digger—. ¿Algo así como «te hace correr la sangre y provoca un agradable estremecimiento en la molleja»?

—Exactamente. ¡Eso es! —repuso Twiligth, y Soren pensó que Digger era a veces demasiado amable.

—Bueno, déjame decirte algo —continuó Digger—. Existe una diferencia escasa entre una sensación vigorizante y otra aterradora. Los colmillos de más de quince centímetros de longitud me dan un susto de muerte. Y no puedo evitar pensar que esta ría de los Colmillos debe de haber recibido este nombre por alguna razón. Sólo espero que el viaje en busca de Moss, ese viejo guerrero amigo de Ezylryb, sirva para algo.

—Bueno, Digger —empezó a decir pausadamente Eglantine, quien había estado volando entre Twilight y el mochuelo excavador—, hablando en sentido estricto una ría es una masa de agua alargada, un entrante en la costa.

—¡Demonio! De no haberlo sabido hubiera creído que era Otulissa quien hablaba. No, Eglantine, no es la parte de la «ría» lo que me preocupa, sino sin duda la de «colmillos».

—Pero ¿te has parado a pensar, Digger, que esta ría puede haberse llamado así porque es larga y curvada como un colmillo?

Eglantine se acercó más a él mientras formulaba esta pregunta.

—Ah, no es mala idea. Su forma...

Pero antes de que el mochuelo excavador pudiera mirar para confirmarlo, Soren emitió un chillido que helaba la molleja como sólo una lechuza común es capaz de hacerlo.

—¿Qué ocurre? —dijo Digger.

Pero entonces todos vieron hacia dónde miraba Soren: directamente hacia abajo. Varios témpanos de hielo que se habían desprendido de la masa flotante del invierno se mecían plácidamente en las aguas de la ría. De uno de los témpanos, claramente visible a la luz de la luna, manaba un chorro de sangre. Una enorme bestia blanca como no habían visto ninguna estaba desgarrando algo. Echó la cabeza hacia atrás. Sus enormes colmillos relucieron de sangre, y sujetaba en sus garras el cuerpo de una foca que se retorcía.

—¿Quieres saludar esos colmillos, Twilight? —preguntó Digger—. ¡Y con esas garras podría proporcionar una experiencia de lo más vigorizante!

Era evidente que aquellos colmillos medían más de quince centímetros.

—¡Mirad! —gritó Eglantine—. ¡Creo que esa cría de foca está llorando en el otro témpano! ¡Tenemos que ayudar a ese animalito!

—¡Mamá! ¡Mamá! —gemía la pequeña foca gris.

—¡Tenemos que ayudarla! —insistió Eglantine.

La hermana de Soren, Eglantine, el más joven y menos experimentado de todos los pájaros, inició un descenso en espiral hacia el témpano sobre el que la cría de foca gemía. Los otros la siguieron. Pero cuando llegaron, ella ya estaba posada sobre el témpano intentando tranquilizar a la cría.

—No habla hooliano, y no me acuerdo de nada en krakish —dijo Eglantine, desesperada.

—Hum, hum... —Soren estaba buscando las palabras adecuadas en krakish. Ojalá Otulissa estuviera allí. Era la única que lo hablaba con fluidez. Los demás sólo eran capaces de pronunciar algunas frases inconexas y palabras al azar. Pero Soren empezó—. ¡Cría está bien! ¡Cría está bien!

Miró alrededor con inquietud. El chorro de sangre de la madre de la foca había teñido de rojo el agua que los rodeaba. Twilight estaba paralizado.

—Creo que es un oso..., un oso blanco.

—¿Un oso polar?

—Sí, eso creo —dijo Twilight.

—Oh, Glaux bendito —suspiró Digger—. Ahora ya sabemos por qué este lugar se llama la ría de Colmillos. He leído que los osos polares son los carnívoros más grandes de la tierra.

—Y nosotros somos un mercado de carne flotante —observó Soren tensamente a medida que el témpano con el oso se les acercaba cada vez más.

—Y además saben nadar..., son buenos nadadores —añadió Digger con voz temblorosa.

—Pero ¿saben volar? —dijo Twilight—. Sugiero que salgamos de aquí enseguida.

—Pero ¿y la cría? —dijo Eglantine con voz suplicante. Ahora el animalito estaba haciendo mucho ruido—. No la podemos dejar aquí.

Eglantine lloraba casi tanto como la foquita.

De repente se produjo una sacudida tremenda y los pájaros y la foca resbalaron hacia el otro lado del témpano de hielo. El fragmento en el que viajaba el oso polar había chocado contra el suyo. El oso dejó de atracarse por un momento y levantó la cara. A la luz de la luna era una visión espantosa. Ahora su blanco hocico estaba manchado de sangre. Echó la cabeza hacia atrás.

—¡Grrrrrrrrrrrr!

Fue un rugido que hizo estremecer el hielo, el mar, y no digamos las mollejas de los pájaros.

«No hay necesidad de traducción», pensó Soren. Tenían que salir de allí. Tenían que salvarse. La cría de foca era una causa perdida. Levantó las alas y empezó a sacudirlas. Los otros hicieron lo mismo. Todos excepto Eglantine, quien se mantuvo firme con las garras plantadas en el hielo.

—Eglantine, levanta el vuelo ahora mismo. Es una orden —le chilló Soren.

—No voy a dejarla, Soren. No lo haré.

—Eglantine, soy el comandante de esta misión. Debes hacer lo que te ordeno.

—No me importa que seas el comandante, Soren. Sé lo que es sentirse excluida y sola. Me quedo.

—Eglantine, no podemos poner en peligro la misión entera por una cría de foca.

—No voy a abandonarla, Soren. No lo haré. Me trae sin cuidado que seas el jefe.

Soren bajó la vista hacia Eglantine mientras seguía firmemente posada sobre el témpano de hielo. Se había vuelto más fuerte en todos los sentidos después de recuperarse del control mental al que la habían sometido los Puros.

Para entonces el oso había dejado de comer. Parecía mirar alternativamente a Soren, que volaba en círculos sobre los dos témpanos de hielo, y a Eglantine, situada junto a la cría de foca. Metió una enorme pata en el agua, procedió a limpiarse el hocico y luego se sacudió algún pelo de foca que le había caído sobre el pecho. Soren, Twilight y Digger le oyeron murmurar algo, o quizá fue más bien un gruñido. Miraron horrorizados cómo Eglantine se acercaba al borde del témpano de hielo. El oso se había deslizado por su fragmento y había colocado su gigantesca pata sobre el borde del témpano en el que se encontraba Eglantine.

—¡Vuelve, Eglantine! ¡Vuelve!

—Eglantine, ¿te has vuelto loca? —gritó Digger.

—¡Callaos todos! —espetó ella.

Entonces echó la cabeza atrás y acercó su pico al hocico del oso polar.

En aquel momento Soren se desmadejó. No le había sucedido en toda su vida, pero ¿cómo podía perder a su hermana después de todo lo que había pasado para salvarla? Ya la había rescatado dos veces de los Puros.

—¡Pero esto es un oso polar, por el amor de Glaux! —exclamó, y recuperó la potencia de sus alas a treinta centímetros del témpano de hielo.

De manera que no se estrelló, sino que se posó suavemente a cierta distancia de su hermana y fuera del alcance del oso.

Eglantine se volvió hacia Soren.

—Dice que no come crías —anunció en tono condescendiente.

—Oh, de modo que de repente sabes hablar krakish, ¿eh?

Soren desafió a su hermana y dio un pasito hacia delante.

—Pocas palabras hablar hermana... Yo hablar poquito hooliano.

El oso levantó su otra pata, que había estado sumergida bajo el agua, y con las garras más largas y mortíferas que Soren había visto jamás intentó indicar el «poquito» de hooliano que hablaba juntando su dedo meñique con el pulgar. Era una imagen que helaba la molleja. Entretanto, Eglantine siguió insistiendo, y Soren escuchó una de las conversaciones más extrañas que había oído nunca.

—*Phawish prak nraggg grash m'whocki* —dijo el oso polar.

—¡No me digas! —repuso Eglantine.

«¿De verdad entiende todo esto o sólo finge? Apuesto a que está fingiendo», pensó Soren.

—¿Qué dice, Eglantine?

—Esto... algo sobre lémures y...

—Y ratones y todas cosas lechuza comer —añadió con voz estruendosa el oso polar.

—¿Qué? —dijo Soren.

Parpadeó con asombro. Eglantine había comprendido algo de aquello.

—*¡Ja! ¡Ja! ¡Ja!* —El oso afirmaba con la cabeza y decía que sí en krakish. Para hacerlo abrió sus fauces de par en par. Su boca era tan grande como el hueco de un árbol. Cuatro pájaros habrían cabido fácilmente en su interior—. No decir lechuza qué comer. Roedores asquerosos, serpiente nunca. Tú no decir oso polar qué comer. *¿Mishnacht?*

—*Mishnacht* significa «entendido», Soren —explicó Eglantine con remilgo—. Lo entiendes, ¿verdad? —agregó en un tono que empezaba a molestar a Soren. Entonces Eglantine se volvió hacia el oso polar—. Sí, nosotros *mishnacht.*

—*¡Gunda, gunda!* —respondió el oso.

Antes de que Eglantine pudiera traducir, Soren dijo:

—Eso significa «bien, bien».

—Y no comer crías.

—No comes crías, de acuerdo —dijo Soren.

—¿Y pájaros tampoco? —preguntó Digger.

Revoloteaba por encima del oso a una distancia prudencial.

—*¡Nachsun!* ¡Puagggg! —Emitió un sonido gutural desde el fondo de su enorme garganta—. Pájaros no grasa. ¡Plumas asquerosas!

—Sí, mucho —respondió Digger, y se alejó volando.

Ahora el oso centró su atención en Soren. De pronto, el témpano de hielo se inclinó en un ángulo precario. Soren y Eglantine empezaron a deslizarse precipitadamente hacia el oso polar. Eglantine fue a chocar contra su hocico, todavía manchado de sangre de foca pese a habérselo lavado con agua marina.

—¡Eglantine! ¡Vuela! —chilló Soren.

Ella lo hizo, al igual que su hermano.

—¡Por un milímetro! Te juro que has escapado de esas fauces por un milímetro.

Digger estaba sin resuello.

Entretanto el oso polar, que seguía apoyando los codos sobre el témpano de hielo, se rascó la cabeza y levantó la vista.

—¿*Hvrash g'mear mclach*? ¿Adónde ir? Yo decir no comer pájaros. Vosotros buenos pájaros. Yo ver este pájaro llevar garras de Lyze. Lyze de Kiel. ¿Vosotros conocer Lyze de Kiel?

—¿Conoces tú a Lyze de Kiel? —repuso Soren con asombro.

«¡Ezylryb! —pensó Soren—. ¡Conoce a Ezylryb!»

—¿Yo conocer Lyze de Kiel? ¿Qué pregunta es ésa? *Grachunn naghish prahnorr gundamyrr Lyze effen Kiel erraggh frisen gunda yo macht leferzundt.*

—Parece que esté haciendo gárgaras con piedras —observó Twilight.

Ahora las cuatro rapaces nocturnas revoloteaban un poco más cerca de la cabeza del oso polar.

—¿Has entendido algo de esto, Eglantine? —preguntó Soren.

—No muy bien. Pero *frisen gunda* significa «buen amigo».

—*Ja, ja* —decía el oso—. Buen amigo es Lyze. Yo comandante de tropas de hielo durante Guerra de Garras de Hielo.

—¿Tropas de Hielo? —dijo Twilight con repentino interés.

—*Ja.* Nosotros vigilar témpanos de hielo. Unidad de Lyze y Centellas de Glaux rearmar y repostar en nuestros témpanos. Y unidad de viejo Moss..., los Picos de Hielo, también.

—¡Moss! ¿Conoces a Moss? —exclamó Soren.

Esta pregunta provocó otra parrafada en krakish, a raíz de la cual los pájaros comprendieron que aquel inmenso oso polar manchado de sangre conocía en efecto a Moss y no tenía intención alguna de devorarlos.

Las aves rapaces nocturnas se posaron sobre el témpano.

—¿Estás diciendo —Soren se acercó más al oso— que nos llevarás hasta donde vive Moss en la bahía de Colmillos?

—*Ja.*

«Esos dientes, esos colmillos, ¡son tan largos como mi estatura!» Soren trató de no temblar mientras hablaba.

—Sería muy amable de tu parte.

—*Ja.* Yo intentar ser amable. —Miró alrededor y volvió a limpiarse el hocico—. Comer foca no malo. Comer sólo para vivir. Vosotros comer rata, ratón, lémures sólo para vivir. Yo deber comer para vivir también. ¿Verdad?

—Sí, exactamente —repuso Digger dando un paso al frente—. Ahora dinos, ¿cómo te llamas?

—Svallborg. Pero vosotros poder llamarme Svall.

—Bien, o mejor dicho, *gunda.* Yo me llamo Digger, y éste es Soren y su hermana, Eglantine, y éste es Twilight. Te seguiremos desde el aire.

—*¡Gunda! Gunda. Framisch longha* —dijo Svallborg.

Entonces, con un movimiento ágil y elegante, saltó del témpano de hielo. Los pájaros se elevaron en el aire para seguir a Svall. Era algo digno de verse. Las rapaces nocturnas no se habían imaginado nunca que un animal tan grande fuese capaz de moverse con tanta agilidad. Remando con las patas delanteras y sin apenas levantar salpicaduras, Svall avanzaba por el agua a una velocidad sorprendente.

Eglantine no pudo evitar volver la vista hacia la cría de foca. La vio saltar del témpano de hielo y nadar hacia un remolino de agua donde había un banco de pececillos plateados. «Hum... —pensó Eglantine—, quizás es un poco mayor de lo que creía.» Justo en aquel momento la foca se sumergió y unos segundos después volvió a salir con un pez debatiéndose en su boca.

«¿Cómo será Moss?», se preguntó Soren mientras sobrevolaban el colosal oso. Ezylryb había dicho que las garras serían su pasaporte, su salvoconducto. Pero esas garras conllevaban también una carga. ¿Qué esperarían de él aquellas lechuzas de los Reinos del Norte? ¿Qué debería hacer? ¿Lo considerarían digno de las garras? ¿Creerían que era una especie de impostor? Y lo peor de todo, venía allí para pedir a esos pájaros que llevaban años viviendo en paz que se incorporaran a otra batalla. ¿Qué pensarían de él y de la causa por la que había sido enviado?

No era exactamente miedo lo que Soren experimentaba, pero a cada aletazo en aquel territorio inmenso, helado e inhóspito empezó a sentirse cada vez más pequeño y menos digno. Bajó la vista hacia sus patas, armadas con las garras de combate de Ezylryb. Relucían siniestras y burlonas a la luz de la luna. No eran más pesadas que sus garras de combate normales, pero habían luchado más en la vida de un solo pájaro que en las vidas de veinte lechuzas corrientes. Portaban la carga de la historia y el peso de un verdadero héroe: Ezylryb. A Soren se le antojaba absurdo llevar esas garras. A cada aletazo, parecían cada vez más pesadas. Pero debía continuar; no sólo continuar, sino también liderar. No había vuelta atrás, y sin embargo seguir adelante resultaba muy, muy difícil.

«¡Angustia! ¡Pura angustia!», pensó Soren.

CAPÍTULO 6

El refugio de los Hermanos de Glaux

Otulissa experimentaba una angustia distinta a la que sentía Soren. Nadie le había mencionado que los Hermanos de Glaux estaban sujetos a un voto de silencio.

«¡Silencio! ¿Quién ha oído hablar nunca de algo tan estúpido? ¿Cómo se puede mantener una conversación intelectual si uno hace voto de silencio?» Ésta era la conversación unilateral que atronaba sin cesar en el cerebro de Otulissa. Ella y Gylfie sólo podían hablar en el pequeño hueco que compartían. No se hablaba durante las comidas. En la biblioteca, todas las peticiones de libros se hacían por escrito. Hasta las serpientes nodrizas, habitualmente muy parlanchinas por naturaleza, guardaban silencio. Otulissa se sentía fastidiada del todo. Oh, sí, había determinados momentos en los que una podía hablar: podían mantenerse discusiones en los huecos de estudio, que se hallaban junto a la biblioteca. Pero algunos de los debates más estimulantes e intelectuales en los que Otulissa había participado nunca habían tenido lugar en el comedor del Gran Árbol Ga'Hoole en torno a un rollizo ratón de campo asado. Allí, eso era imposible.

Gylfie, por su parte, se sentía aliviada por el hecho de que Otulissa se viera obligada a cerrar el pico. Encontraba algo bueno en aquel silencio. Los hermanos del refugio de Glaux eran más activos e interesantes que cualquier otra ave rapaz nocturna que hubiese conocido nunca... a su manera. Observaba que de hecho existía cierta comunicación entre ellos, pero había que prestar atención a una serie de gestos y señales sutiles para apreciarlo. Las palabras —por lo menos las palabras habladas— no siempre eran necesarias. Intentó explicárselo a Otulissa, pero no sirvió de nada.

—Pero tú no lo entiendes, Gylfie. Esta biblioteca es la más espléndida que habría podido imaginar nunca. Y estoy aprendiendo muchísimo sobre pepitasia, pero también necesito hablar sobre ella. No sólo de pepitasia, sino también de cosas llamadas fuego frío y llamas de hielo. Vienen a ser lo contrario de las llamas reverberantes.

—Bueno, están esos momentos en los huecos de estudio.

—Ya lo sé, pero no puedo meter baza —suspiró Otulissa.

—¿Qué? ¿De entre todos los pájaros, precisamente tú no puedes meter baza?

—Tú no lo entiendes. Estas aves son extrañas. No hablan mucho. Pero tienen una forma rara de comunicarse sin hablar e incluso en los huecos de estudio, donde están autorizadas a hacerlo, hay mucho silencio. Existen pausas en la conversación, pero sigue dando la impresión de que están hablando. Y yo no puedo entrar.

—Hum —fue todo lo que Gylfie pudo decir.

No sabía qué decirle. Pobre Otulissa, el miembro de la brigada de brigadas que mejor hablaba en krakish. Todos aquellos verbos irregulares que había practicado durante el vuelo hacia el norte, y ahora no podía utilizarlos.

—Mira, Otulissa, te acompañaré a un hueco de estudio y veré si puedo ayudarte.

—Oh, ¿lo harías, Gylfie? Eso sería estupendo. Quiero decir que he estado leyendo todo ese material sobre pepitasia pero necesito hablar de ello. Y tienen también la historia más completa de la Guerra de las Garras de Hielo y otros conflictos. ¿Sabes?, tengo que estudiar la estrategia para el plan de invasión de San Aegolius. A fin de cuentas, es mi plan el que vamos a emplear y es por eso que el parlamento me ha enviado aquí. Cuentan con nosotras, Gylfie.

«Nosotras; ha dicho "nosotras".» Gylfie pensó que era muy amable por parte de Otulissa que la hubiese incluido. Pero era el plan de Otulissa el que las lechuzas de Ga'Hoole iban a poner en práctica con toda probabilidad en la próxima invasión. La brigada de brigadas no estaba allí, en los Reinos del Norte, únicamente para reclutar rapaces nocturnas para luchar, como Soren estaba haciendo en la ría de Colmillos, sino también para estudiar las estrategias de invasión.

Si esa invasión llegaba a producirse, sería la mayor en la historia de las lechuzas, de una magnitud pasmosa y una importancia épica. En una sola noche, miles de aves rapaces nocturnas de todo tipo recorrerían las setenta leguas que separaban la isla de Hoole de los desfiladeros de la Academia San Aegolius para Lechuzas Huérfanas. El terreno de esta región estaba cortado por barrancos profundos y erizado de agujas de roca. Parecía desprovisto de árboles, ríos o lagos. Pero era rico en una cosa: las mortíferas pepitas que podían anular las mentes de los pájaros.

San Aegolius había caído y ahora estaba bajo el control de las lechuzas más peligrosas sobre la faz de la tierra, los Puros. Los Puros eran inteligentes. Sabían lo suficiente sobre pepitas para poder acabar con cualquier ave que volara contra ellos y desafiara su plan para el dominio absoluto sobre el universo de las rapaces nocturnas.

Sólo una invasión a gran escala de los desfiladeros

podía poner fin a su tiranía para siempre. Sería una invasión que requeriría la ayuda de muchos aliados. Y los mejores de estos aliados se encontraban en los Reinos del Norte. A Otulissa se le había asignado la tarea de estudiar todo cuanto pudiera sobre pepitasia y las estrategias bélicas utilizadas durante la Guerra de las Garras de Hielo. Y el mejor sitio para hacerlo era allí, en la magnífica biblioteca del refugio de los Hermanos de Glaux.

La vida en el refugio seguía una rutina bastante invariable. Las horas nocturnas se dedicaban al vuelo meditativo en lugar de practicar las habilidades que se pulían continuamente en el Gran Árbol Ga'Hoole. Los hermanos intercambiaban su saber y sus técnicas con hierbas por carbones encendidos con carboneros solitarios. Se turnaban para cazar y no tenían ninguna necesidad real de usar sus dotes de navegación, pues rara vez abandonaban los aledaños de su refugio. Gylfie se sentía eternamente agradecida por el hecho de que el refugio de los hermanos no estuviera bajo tierra, como el de las Hermanas de Glaux, sino en los huecos del círculo de abedules. La comida de la noche, la cena, iba seguida siempre por varias horas de vuelo meditativo. Cuando los hermanos regresaban al refugio, entraban en los huecos de estudio para dedicarse a sus intereses intelectuales por las hierbas, la literatura y la ciencia.

Esta noche, el silencio en el comedor era tan profundo como siempre. Cuando Otulissa y Gylfie entraron, vieron de nuevo un viejo autillo bigotudo de aspecto muy peculiar acurrucado en un rincón y comiendo con la ayuda de sus cuidadoras, una lechuza campestre y una anciana serpiente kieliana que no dejaba de sacar una especie de zumo rojo oscuro de una copa con su lengua bífida. Gylfie no sabía por qué la serpiente se mantenía tan cerca del viejo autillo. Pero tanto ella como Otulissa habían reparado en que durante los vuelos meditativos la lechuza campestre acompañaba al anciano. Gylfie creía que aquel viejo decrépito tenía algo que resultaba ligeramente familiar, pero no acertaba a determinar qué. Al parecer, no siempre se observaba el código de silencio con ese pájaro, ya que Gylfie veía a menudo que la cuidadora le susurraba algo al oído. Supuso que quizá se permitían excepciones con los débiles y los ancianos. Sin embargo, no había visto nunca al autillo responder ni media palabra. De hecho, parecía aturdido, con sus ojos amarillos permanentemente fijos en algún horizonte invisible. Cuanto más observaba a ese viejo, más le recordaba a alguien. Decidió que aquella noche intentaría volar cerca de él y de sus cuidadores durante el vuelo meditativo.

Entretanto, Otulissa había dirigido su atención hacia otra parte: hacia un joven y apuesto cárabo barrado. Era muy atractivo y volaba con suma elegancia, y ella había pensado en tratar de acercársele. «De bien poco me servirá si ni siquiera puedo hablar —pensó—. Más vale que lo olvide. Sólo sería una distracción.» No había venido aquí para relacionarse, sino para aprender. Y de todos modos probablemente él no lo sabía. Otulissa estaba segura de que el joven había llegado sólo unos días antes que ella y Gylfie.

Después de la cena, treinta pájaros o más se elevaron en el frío aire nocturno del bosque que había visto nacer a Hoole e iniciaron su meditación. La formación de vuelo era una circunferencia amplia de aves que se parecía a la circunferencia de abedules del refugio. Había suficiente espacio entre ellas para que cada individuo pudiera meditar sin distraerse. Todas las rapaces nocturnas se caracterizaban por su vuelo silencioso, pero los pájaros del refugio volaban en un silencio más absoluto del que Gylfie u Otulissa hubiesen conocido nunca.

Durante ese vuelo, Otulissa había elegido como tema de meditación las leyendas de Hoole. Trataba de imaginarse qué aspecto había tenido este bosque cuando la gran lechuza había nacido en un momento en que discurrían despacio los segundos entre el último minuto del año y el primer minuto del nuevo, y aquella noche el bosque estaba recubierto de hielo. Se sobresaltó cuando oyó que el aire a su alrededor se agitaba con un batir de alas y vio junto a ella a un cárabo barrado. No *un* cárabo barrado, sino *el* cárabo barrado.

—Este silencio está empezando a molestarme —susurró.

Otulissa giró la cabeza casi por completo. Parpadeó asombrada.

—Oh, vamos, no me digas que no te gusta hablar —prosiguió él—. Sé distinguir un hablador a una legua.

El joven hizo ondular sus plumas rudimentarias, un truco especial que los cárabos barrados empleaban para exhibir sus manchas.

Otulissa trató de reprimir un arrullo. «¡Oh, qué delicia! —pensó—. ¡Palabras, lenguaje!»

—¿No infringimos las normas? —susurró.

—Aquí no tienen exactamente normas rígidas. Se supone que hay que aprenderlas... poco a poco. Tampoco tienen *rhot gorts* de verdad.

—¿Te refieres a fregonas de pedernal? —preguntó Otulissa, pues no conocía las palabras en krakish para designar la expresión ga'hooliana equivalente a «castigo», que era «fregona de pedernal».

—Sí, así se llama en hooliano. Pero hablas krakish muy bien.

—Oh, tengo alguna dificultad con el subjuntivo pasivo de los verbos irregulares, pero gracias —dijo Otulissa con modestia, y parpadeó de la forma más atractiva que supo.

—¿Cómo te llamas? —preguntó él.

—Otulissa —contestó ella.

—Otulissa —dijo el pájaro, pensativo—. Un nombre muy tradicional.

Otulissa sintió un hormigueo de gozo en la molleja. Tenía ante sí un ave de su misma condición, con una educación similar a la suya. Sabía que los cárabos barrados hembras solían recibir el nombre antiguo y distinguido de Otulissa.

—¿Y cómo te llamas tú, si puedo preguntarlo?

—Por supuesto. Me llamo Cleve de Firthmore.

—¡Cleve de Firthmore! —exclamó Otulissa—. ¿El paso de Firthmore en los Tridentes?

El joven asintió con la cabeza.

Otulissa parpadeaba como loca mientras volaba.

—¿Del hueco real de Snarth? —El cárabo llamado Cleve volvió a asentir—. Entonces eres un príncipe. Porque es de allí de donde procede el clan de Krakor.

«Y el clan de Krakor —pensó Otulissa— es el clan más antiguo y aristocrático del territorio de las Grandes Aguas del Norte.» Era, de hecho, el clan que había dado nombre al lenguaje krakish de los Reinos del Norte. Era un clan de palabras, de historias, de leyendas. Eran escritores y narradores de historia, de literatura. Era el clan de su adorada Strix Struma y de su querida Strix Emerilla, la célebre meteoróloga del último siglo cuyos libros Otulissa había devorado intelectualmente.

—¿Qué estás haciendo aquí, en este refugio? —preguntó Otulissa—. ¿Es costumbre que la realeza venga aquí?

—No exactamente. En realidad he venido aquí

porque..., bueno, ¿cómo lo diría? La mayor parte de mis estudios en los Tridentes han sido de carácter militar. Y ya hace años que no hay guerra. La Guerra de las Garras de Hielo terminó hace mucho tiempo.

—Sí, pero ¿no crees que los conocimientos militares siguen siendo útiles? —susurró Otulissa.

Su voz había adoptado un tono ligeramente cauteloso.

—No mucho —respondió Cleve despreocupadamente, como si estuviera hablando del tiempo—. Verás, he venido aquí para estudiar medicina. Francamente, no creo en la guerra... nunca más.

—¿Cómo dices? —chilló Otulissa.

—Por favor, querida. —Un búho nival se había acercado hasta ellos—. Esto es un vuelo de meditación. Algún susurro, pase, pero ¿gritar? Oh, no, eso no podemos permitirlo —dijo el búho amablemente, y se marchó.

Justo en ese momento Gylfie experimentó también una sacudida, y el grito de Otulissa fue como un signo de exclamación en medio de la noche, puntuando una revelación de lo más desconcertante: «¡Ifghar! ¡Es así cómo la lechuza campestre acaba de llamar al viejo y frágil autillo bigotudo! ¡Imposible!», se dijo Gylfie. Tomó una corriente ascendente para poder volar directamente debajo de ellos. Desde luego, había básicamente silencio, pero de vez en cuando la lechuza campestre creía necesario desviar la trayectoria de vuelo del autillo bigotudo y, mediante susurros, le obligaba a recuperar el rumbo.

—Vamos, vamos, querido anciano, aletea con el ala de babor. Está cada vez más fuerte. —Se oyó un leve gruñido—. No necesitas hacer eso, Ifghar. Puedes conseguirlo, querido. Tú puedes.

Gylfie parpadeó y notó que le pesaba la molleja. «¿Cómo es posible? ¿El hermano traidor de Ezylryb está aquí?» Desde luego, eso era algo en lo que merecía la pena meditar. Entonces Otulissa emitió ese grito. Y antes de que Gylfie pudiera darse cuenta, Otulissa volaba a su lado.

—¡Esto sí que me fastidia! No puedo creerlo, y eso que procede del hueco real de Snarth, en los Tridentes. ¡Vergonzoso! Sencillamente vergonzoso.

—¡Chsssst! —siseó desde arriba la lechuza campestre que hacía las veces de asistente de vuelo de Ifghar.

Gylfie no tenía ni idea de qué estaba diciendo Otulissa. Pero no había duda de que ella y Otulissa tenían que hablar. ¡Nada de hueco de estudio ni de discusiones sobre pepitasia y trastornos de la molleja! Gylfie tenía que contarle a Otulissa lo de Ifghar. La única razón por la que ella, Digger y Soren habían oído hablar de Ifghar, el traicionero hermano de Ezylryb, era que Octavia, la serpiente nodriza de Ezylryb, se lo había dicho. Les había hablado acerca de Lil, el autillo bigotudo de la que tanto Ezylryb como su hermano se habían enamorado. Pero Lil había preferido a Ezylryb y lo había tomado como pareja. Los dos hermanos sirvieron como comandantes en la unidad de artillería de las Centellas de Glaux durante la Guerra de las Garras de Hielo. Ifghar estaba tan encolerizado por el rechazo de Lil y sentía tanta envidia de Ezylryb que desrtó y traicionó no sólo a su hermano sino también a la Liga Kieliana entera al enemigo, la Liga de las Garras de Hielo. Lil y Ezylryb formaban un feroz equipo de combate, e Ifghar juró al comandante de las Garras de Hielo que con su ayuda podrían derrotarlos. Entonces había planeado capturar a Lil para sí.

Gylfie estaba deseando regresar al hueco para contárselo a Otulissa. «¡Ifghar está aquí!» El hermano traidor de Ezylryb. Resultaba increíble.

CAPÍTULO 7

Coqueteo y ondulaciones

Pero el plan de Ifghar salió muy mal para todo el mundo.

Gylfie suspiró.

—¿Cómo? —preguntó Otulissa.

Habían regresado del vuelo de meditación y se encontraban en su hueco, en lo alto de uno de los abedules. El viento había arreciado y los abedules, que eran muy delgados en comparación con el Gran Árbol Ga'Hoole, oscilaban muchísimo en medio de la noche. Tanto a Gylfie como a Otulissa les gustaba aquel movimiento. Les producía la extraña sensación de estar volando todavía en los oscuros pliegues de la noche al mismo tiempo que estaban cómodamente instaladas en su hueco.

—Lil murió en el combate —respondió Gylfie—.

Fue en esa misma batalla que Ezylryb perdió una de sus garras y Octavia se quedó ciega.

—¿Estás segura de que ese pájaro viejo y desaliñado es Ifghar? —preguntó Otulissa.

Gylfie asintió con la cabeza.

—¿Qué está haciendo aquí?

—Finalmente la Liga de las Garras de Hielo fue derrotada mucho después de que Ezylryb y Octavia hubieran venido aquí y luego se marcharan hacia el gran árbol. Supongo que para entonces Ifghar ya era bastante viejo y no tenía adónde ir. Desde luego no podía volver con la Liga Kieliana. Los desertores no son nunca bien recibidos. Y los Hermanos de Glaux se han mantenido siempre neutrales, de modo que era un refugio seguro para él. Sin embargo, me gustaría hacer algunas preguntas a su cuidadora, la lechuza campestre.

—Buena suerte, Gylfie —dijo Otulissa.

—Oh, no siempre son tan estrictos en lo que respecta al silencio. Lo son básicamente en los espacios públicos del refugio. Estoy segura de que podría ir a su hueco y charlar un poco con ella. Pero ¿qué te ha pasado esta noche, Otulissa? No cabe duda de que has roto el silencio.

Otulissa suspiró profundamente.

—Es largo de contar. Lo resumiré. Un pájaro sumamente apuesto que resulta ser un príncipe. Y un loco.

Gylfie parpadeó.

—¿Un príncipe que está loco?

—Oh, tiene unas ideas absolutamente disparatadas. No cree en la guerra. ¿Puedes imaginártelo, Gylfie?

—Bueno, no me parece tan difícil de entender. Quiero decir que cuando Ezylryb llegó aquí, al refugio, colgó sus garras de combate y renunció a luchar.

—Pero ese pájaro es un príncipe, Gylfie. Un príncipe del hueco real de Snarth de las islas Tridenter, en Firthmore. ¿Conoces su historia? ¿Las batallas en las que lucharon? Es el mismo hueco del que procedía Strix Struma.

—Bueno, pues no cree en la guerra. Eso es todo —sentenció Gylfie.

—¿Eso es todo? —replicó Otulissa—. Yo no lo veo así.

—Bueno, ¿en qué cree?

—En la medicina. Ha venido aquí para estudiar hierbas y curación.

—Los Hermanos de Glaux son expertos en las artes curativas. Tienen la mayor colección de libros de medicina, hierbas y toda clase de enfermedades. Es por eso que estamos aquí, ¿recuerdas? Para que puedas leer el único ejemplar que existe de *Pepitasia y otros trastornos de la molleja.*

—Lo sé, lo sé —dijo Otulissa con irritación—. Entonces será mejor que nos vayamos porque seguramente ya nos hemos perdido una buena parte de la discusión casi silenciosa en el hueco de estudio. Te aseguro que este lugar me fastidia.

Gylfie parpadeó rápidamente. Otulissa podía resultar sencillamente imposible.

—Escucha, ¿me prometes una cosa? —preguntó.

—¿De qué se trata?

—¡Basta de arrebatos! Antes de que te des cuenta, estarás diciendo ya sabes qué palabra.

—No lo haré. No seas ridícula.

Pero Otulissa podía ser imprevisible. «Como ahora mismo», pensó Gylfie. Le parecía evidente que el apuesto cárabo barrado le había gustado mucho a Otulissa. Esto era muy impropio de ella. Otulissa no tenía tiempo para tales cosas, y Glaux sabía que ignoraba lo más elemental sobre coqueteo.

«¡Cuánto puede equivocarse una!», pensó Gylfie mientras observaba a Otulissa en el hueco de estudio. Allí discurría desde hacía un rato una discusión sobre pepitasia. Por supuesto, quien dirigía la conversación no era otra sino Otulissa, hablando acerca de los cuatro cuadrantes de la molleja y los humores asociados con cada uno de esos cuadrantes. ¿Y a quién miraba con la cabeza inclinada mientras hacía sus comentarios? Ni más ni menos que a Cleve de Firthmore, príncipe del hueco real de Snarth.

—Por ejemplo, Cleve. —Los ojos de Otulissa se

iluminaron con un centelleo que Gylfie no había visto nunca hasta entonces—. Yo diría que tienes una gran cantidad de fleebis en tu tercer cuadrante.

—¿De veras? —repuso Cleve.

—¡De veras! —confirmó Otulissa—. Muchos de los cárabos barrados más brillantes y perspicaces se distinguen por eso. Por ejemplo, una parienta lejana mía, la célebre meteoróloga del último siglo, Strix Emerilla...

—¡Aaaaahhhh!

Todos los pájaros abrieron el pico al reconocer el nombre de la insigne erudita.

Gylfie no podía dar crédito a lo que estaba presenciando. ¡Glaux bendito, la misión fracasaría si Otulissa —precisamente ella— se distraía! Y todo por culpa de un molesto príncipe de Snarth... o de donde fuera. ¿Y era una ondulación lo que vio pasar por las plumas rudimentarias de Otulissa y hacer relucir sus manchas de color leonado pálido? «¡Ay, Glaux todopoderoso! ¡Se ha vuelto loca hasta las plumas rudimentarias!»

CAPÍTULO 8

Hoke de Hock

En mi vida he conocido unos animales tan herméticos como los de la isla de las Tempestades —murmuraba Martin para sí.

Él y Ruby sobrevolaban la punta más occidental de Tempestades, escudriñando el paisaje que se extendía debajo en busca del terreno apropiado en el que podía vivir una anciana serpiente kieliana. Las serpientes kielianas eran una especie peculiar, por lo menos desde el punto de vista de un ave rapaz nocturna. Para empezar, su coloración variaba desde el azul verduzco pálido hasta el turquesa. No eran ciegas y se caracterizaban por su increíble musculatura y su fantástica laboriosidad. Eran también increíblemente flexibles. Esto, combinado con su fuerza muscular, les permitía penetrar en sitios inaccesibles para otras serpientes, adentrándose de hecho en territorio enemigo. Podían abrir túneles en la tierra, ¡incluso en tierra congelada! Y nadaban tan bien como las focas o los osos polares.

Era Ezylryb quien se había percatado de lo útiles que podían resultar estas serpientes en la guerra. Se le había ocurrido la idea de una fuerza secreta de serpientes kielianas que combatiera tanto en tierra como en el aire a lomos de lechuzas. Hoke de Hock había sido el comandante supremo de esa fuerza secreta. Octavia había recibido instrucción a sus órdenes. Y ahora Martin y Ruby habían sido enviados para reclutarlo para la guerra contra los Puros. Una división de serpientes kielianas constituía una parte crucial del plan para la invasión de los desfiladeros.

Pero había un problema. Hoke de Hock parecía haber desaparecido por completo y ninguna de las otras serpientes kielianas o de las aves de presa nocturnas de Tempestades estaba predispuesta a hablar mucho de él. Primero Martin y Ruby habían volado hasta el promontorio llamado Hock. Pero allí no había ni rastro de la vieja serpiente. Y ahora sobrevolaban de nuevo el escarpado promontorio de la isla que emergía de las turbulentas aguas de aquella costa azotada por el viento donde supuestamente vivía Hoke. No disponían de mucho tiempo. En pocas noches deberían reunirse en la isla del Ave Oscura con los demás miembros de la brigada de brigadas.

—Va a ser muy violento si somos los únicos pájaros que no han cumplido su misión —dijo Martin.

—Sí —respondió Ruby—. Estoy segura de que Otulissa ha cumplido la suya y más.

—Probablemente ha encontrado ese libro y lo ha memorizado, con otros cuatro.

—Bueno, si no encontramos esa serpiente antes de reunirnos con los demás, quizá podamos pedirles que nos ayuden —sugirió Ruby con voz esperanzada.

—Olvidas que tenemos un plazo. Témpanos flotantes, los vientos katabáticos.

—¡Oh! —gruñó Ruby—. Lo había olvidado. Los témpanos flotantes parecen algo peor que ser asaltado por cuervos.

—No es tanto el hielo como los vientos katabáticos lo que impulsa los témpanos flotantes. No debemos enfrentarnos a ellos para volver a casa.

—Debe de ser como quedar atrapado en el borde del ojo de un huracán, supongo —dijo Ruby con espanto en la voz.

Quedar atrapado en el borde del ojo de un huracán era casi lo peor que Martin y Ruby podían imaginarse. Si sucedía, un pájaro giraba violentamente para siempre, y la fuerza del viento le arrancaba las alas y lo despojaba de todas las plumas del cuerpo. Era una muerte terrible.

—Mira, veo algo ahí abajo —anunció Martin de repente.

—¿Dónde? —preguntó Ruby.

—Justo debajo. Algo que brilla...

—¡Ya lo veo!

Las dos jóvenes lechuzas iniciaron un vertiginoso descenso en espiral. Una raya sinuosa y resplandeciente se arrastraba despacio por el suelo. Planearon, casi hipnotizados por aquel movimiento ondulante. De repente, la raya se enroscó, sacudió una cabeza grande y bulbosa y abrió una boca que mostraba unos colmillos largos y muy afilados.

—*¿Vasshink derkuna framachtin?*

—Ruby, ¿cuál es la palabra en krakish para decir «un poco»?

—¿A mí me lo preguntas?

—*Michten,* creo que es —dijo Martin, y empezó a hablar a la serpiente—. *Iby bisshen michten krakish.*

—*¿Hoolish fynn? ¿Vhor issen?*

—Esto..., esto..., sí. Somos de Ga'Hoole, el gran árbol.

—*Bisshen michten* hooliano, *erkutzen.* Yo hablar un poco hooliano.

Martin miró a Ruby.

—Creo que será mejor que nos posemos.

Cuando las dos lechuzas se posaron sobre el promontorio rocoso, la serpiente, todavía enroscada, dijo:

—*Gunden vhagen.*

Martin inclinó la cabeza.

—*Gunden vhagen.*

Ruby, mirando a Martin, hizo lo mismo y murmuró las palabras en krakish que significaban «buenas noches».

—*¿Vhrunk tuoy achtin?*

—¿Qué? —exclamó Martin—. Quiero decir, ¿perdón?

—¿Para qué haber venido aquí?

—Oh..., oh, sí..., esto..., esto..., un momento. Espera. —Martin se volvió hacia Ruby—. Saca esa hoja con palabras que Otulissa nos dio.

Ruby desató un delgado tubo metálico que llevaba sujeto a una pata y sacó de él una hoja de papel.

—¿Cuál es la palabra para decir «serpiente»? —murmuró Martin, exasperado.

—*¡Hordo!* —dijo la serpiente.

—Sí —repuso Martin—. Exactamente. Tú eres una *hordo*.

La serpiente abrió los ojos con desprecio. Brillaban de un modo desconcertante.

—Ya sé que soy serpiente. ¿Qué creer, yo estúpido?

—Eres una serpiente kieliana.

—*Ja, ja.*

—Quiero decir..., quizá conoces a otra serpiente kieliana que andamos buscando. Se llama Hoke de Hock.

—¿Por qué necesitar Hoke de Hock?

«Bueno, por lo menos es más habladora que los otros animales con los que nos hemos topado», pensó Martin.

—Tú buena voladora, lechuza campestre.

—¿Nos has estado observando? —preguntó Martin con voz cautelosa.

—*Ja, ja.*

—¿Cuánto tiempo? —quiso saber Ruby.

—Dos días, tal vez tres —contestó la serpiente.

»Y tú..., lechuza norteña, bajar en espiral como..., oh, *¿cominzee bisshen?* —Era evidente que la serpiente buscaba una palabra que necesitaba—. Como..., como... un colimbo carbón.

Martin parpadeó.

—¿Quieres decir como una lechuza carbonera?

—Eso es. *Ja, ja,* lechuza carbonera.

Martin se acercó más a la serpiente. Las lechuzas norteñas eran pequeñas y, aun irguiéndose en toda su estatura, Martin seguía siendo más bajito que la serpiente enroscada. Pero quería que ésta le prestara atención.

—Tú eres Hoke, ¿verdad? Eres la serpiente kieliana que Ezylryb nos ha mandado encontrar.

—Tal vez sí, tal vez no.

—Sí, lo eres. Y hablas mejor en hooliano que nosotros en krakish. Entiendes muchas cosas. ¿Por qué has estado escondiéndote de nosotros... y ahora disimulas cuánto entiendes?

—¿Cómo sé que Ezylryb os ha enviado realmente? ¿Cómo sé quiénes sois o quiénes fingís ser? —inquirió la serpiente.

—No fingimos ser nada —replicó Ruby malhumorada.

—Os haré una prueba —dijo la serpiente—. ¿Quién es la nodriza de Ezylryb?

—¡Octavia! —respondieron las dos lechuzas al unísono.

—¿Cuántas garras tiene Ezylryb en la pata de babor?

—Tres —contestaron Martin y Ruby.

—Hum. —La serpiente sacudió la cabeza como si buscara una pregunta más difícil—. Muy bien, ya lo tengo.

Las mollejas de Ruby y Martin empezaron a temblar ligeramente. ¿Y si fallaban aquella pregunta?

—¿Preparados?

—¡Preparados! —respondieron los dos.

—¿Cuál es la canción del tiempo favorita del viejo autillo bigotudo? Siempre la canta cuando hace mal tiempo.

—¡La sabemos!

Ruby se elevó en el aire alegremente y empezó a cantar.

Somos los pájaros de la brigada del tiempo.
Afrontamos el calor abrasador
sin vacilar en ningún momento.
Enturbiando ráfagas caldeadas,
somos pájaros con agallas...

Para cuando llegó a la segunda estrofa, la serpiente meneaba la cabeza al compás. Era una canción animada y pegadiza.

—¡Suena casi tan bien en hooliano como en krakish! —comentó la serpiente.

Muy pronto los tres animales, las dos lechuzas y la vieja serpiente kieliana entonaban la canción a voz en grito. Los pájaros se elevaban en vuelos cortos y alegres; el reptil se arrastraba y giraba en las increíbles contorsiones de una antigua danza de serpientes kielianas.

En las ventiscas nuestras mollejas
se estremecen contentas.
Una granizada, un temporal, cómo nos gusta
el pedrisco.
Volamos hacia delante y hacia atrás,
cabeza abajo o tumbados sin más.
¿Nos acobardamos? ¿Gemimos?
¿Volamos a ras de suelo o nos escabullimos?
No, regurgitamos otro gránulo
y seguimos con nuestro espectáculo.
¿Chillamos? ¿Gritamos?
¿Gorjeamos? ¿Descansamos?
¡Ni hablar, para nada!
Porque somos los mejores
de la mejor de las brigadas.

Finalmente, cuando la última estrofa tocó a su fin, la serpiente volvió a enroscarse, hizo oscilar la cabeza de una manera muy elegante y dijo:

—Tenéis razón. Soy Hoke de Hock. Bueno, ¿qué quiere mi viejo comandante? Por supuesto, ya sabéis que volé con su querida pareja, Lil.

—¿Volaste con Lil? —preguntó Ruby, asombrada.

—Oh, sí —repuso Hoke en voz baja—. Estuve con ella cuando murió.

Martin y Ruby habían seguido a la serpiente kieliana hasta su «nodo», como llamaba a la pequeña caverna rocosa donde vivían las serpientes. Era bastante espaciosa, de modo que los tres animales cabían dentro sin problemas. Pero el bramido del mar batiendo contra las rocas era ensordecedor, y tenían que gritar para hacerse oír.

—Pero ¿cómo es posible que tú no murieras? —preguntó Ruby.

—Porque sé nadar. Lil se hundió en el mar, en aguas muy profundas. Me esforcé mucho por rescatarla... —Hoke sacudió la cabeza con desaliento—. No tengo palabras para describir cuánto lo intenté.

Lloró un extraño líquido reluciente.

Martin se acercó saltando hasta Hoke y le acarició levemente las escamas turquesa.

—*Takk, takk* —dijo la serpiente, asintiendo con la cabeza—. Gracias. Gracias.

—*Gare heeldvig* —respondió Martin, que significaba en krakish «no hay de qué».

—Vaya, vaya —exclamó la vieja serpiente, un poco más animada—. Aprendes a *bisshen* bien en krakish, pero ahora, jovencitos, decidme qué necesita mi viejo amigo Ezylryb.

Martin y Ruby se turnaron para explicárselo. Pero cuando Martin se acercaba al final tuvo la nítida sensación de que Hoke no estaba convencido. Tendría que suplicar más, tocar todos los registros.

—Verás, la próxima batalla no es sólo cuestión de vida o muerte para las lechuzas de Ga'Hoole, sino también para todos los reinos de rapaces nocturnas... Incluso podría afectar a las serpientes, todas las serpientes, las kielianas y las demás. No sé cómo explicar lo mortíferas que son esas pepitas. No es sólo que maten animales. Morir por causa de ellas sería sencillo. —Martin detectó un nuevo interés en Hoke—. Lo peor es que las pepitas tienen el poder de convertirnos en herramientas mecánicas en las garras de las lechuzas más perversas de la historia de las rapaces nocturnas. Y, mientras hablamos, los Puros están aprendiendo a utilizar la reserva de pepitas más grande que existe sobre la faz de la tierra.

Finalmente Martin se detuvo. Miró a Hoke.

La serpiente suspiró.

—Lo que decís es escalofriante, pero tenéis delante a una serpiente muy vieja. Demasiado vieja para entrar en combate. Pero, sí, quizá podría formar uno o dos batallones de lechuzas y serpientes y ayudar en su instrucción. Pero eso requiere la aprobación del parlamento. Tal vez no la instrucción, pero sí nuestra marcha. El parlamento lo decidirá. Estamos hartos de guerra. Tenéis que entenderlo.

—Sí, lo entendemos —afirmó Martin—. La Guerra de las Garras de Hielo fue muy larga. Pero ¿dices uno o dos batallones?

La serpiente asintió.

Martin sabía que necesitaban algo más, mucho más. Ezylryb esperaba un regimiento. Ahora Martin tendría que formular la pregunta que más temía.

—¿Te das cuenta de que es una invasión? Necesitaremos más de dos batallones. ¿Crees que podrías dar instrucción a serpientes nodrizas?

Hoke se enroscó en un veloz destello color turquesa.

—¿Estáis locos? ¿Serpientes nodrizas? ¿Acaso se os ha caído el cerebro al mar?

—Sólo preguntaba —dijo Martin con voz débil—. Son muy trabajadoras, ¿sabes?

—Son débiles. No tienen músculo. ¡Y también son bobas! *¡Nunchat! ¡Nachsun, nynik, nuftan!*

Lo cual significaba básicamente «no, ni hablar, jamás de los jamases» en krakish.

—Está bien, está bien. No te preocupes por eso. Olvida que he mencionado las serpientes nodrizas. *Gare heeldvig* —se apresuró a responder Martin. Hoke se relajó y empezó a desenroscarse de nuevo—. Dime una cosa —añadió Martin tratando de cambiar de tema, pero también picado por la curiosidad—. ¿Qué fue del hermano de Ezylryb, Ifghar?

—¿El desertor? —espetó Hoke con desdén.

—Sí.

—Resultó muy malherido. Se fue con la Liga de las Garras de Hielo con su serpiente escamera, Gragg.

—¿Una serpiente kieliana?

—*Ja, ja.* Una serpiente ruin como ninguna. Le gustaba demasiado su zumo bingle.

—¿Zumo bingle?

—*Ja, ja.* Puede poner a uno *trufynkken*, ¿sabéis?

Hoke hizo oscilar su cabeza de un lado a otro.

—¡Ah! —exclamaron a la vez Martin y Ruby.

El zumo bingle era como el vino de oreja de ratón de Ga'Hoole que los pájaros mayores tomaban a veces durante las celebraciones.

—*Ja,* esa serpiente se iría con cualquiera que le diera un trago. Es por eso que se quedó con Ifghar. No sé adónde fueron. Creo que al final la Liga de las Garras de Hielo lo expulsó. Nadie confía en un desertor o en una escamera.

—¿Escamera? ¿Eso es una serpiente traidora?

—*Ja, ja.* Gragg de Slonk, así se llama la vieja serpiente. Es una escamera. Traicionó un reino por un barril de zumo bingle.

CAPÍTULO 9

El antiguo guerrero de la ría

Svall nadaba por la lengua de agua cada vez más estrecha que se abría paso como una cinta negra a través de los grupos de témpanos de hielo que obstruían la ría. El oso avanzaba a un ritmo constante, apartando con el hocico los bloques de hielo que le cortaban el paso. Las cuatro aves rapaces nocturnas volaban por encima de su cabeza. Soren pensó que no había visto nunca un nadador tan ágil.

Aquella noche estrellada encerraba cierta magia. El cielo se reflejaba en las aguas negras de la ría, y casi daba la impresión de que el oso nadara entre bancos de estrellas. Svall parecía una criatura de tierra y cielo, de hielo y aire, de agua y estrellas. Como un tejedor nocturno, el enorme oso polar iba y venía entre esos elementos entrelazándolos en una sola y fantástica tela, un tapiz de los Reinos del Norte.

—Si esto es verano —dijo Twilight—, me pregunto cómo será el invierno.

—Espero que no tengamos que quedarnos para averiguarlo —repuso Digger.

—¡Callad! —dijo Soren de repente—. Estoy captando algo.

—Yo también —dijo Eglantine—. Parece alguien cantando.

Eglantine y Soren empezaron a volver sus cabezas muy despacio.

—¿Qué estamos oyendo? —gritó Soren a Svall—. Parece una canción.

—Ah, tenéis oído muy fino. —Svall miró hacia arriba—. Yo no oír aún. Pero nos acercamos. ¿Veis acantilados? —Justo enfrente, sobre el hielo de tierra plateado a la luz de la luna, se alzaban unos acantilados dorados en medio de la noche salpicada de estrellas—. Allí es donde Moss posar.

—¿Y qué es esa canción? —preguntó Soren.

Los demás pájaros habían empezado a oírla a su vez. Un canto sobrecogedor se elevaba en la oscuridad.

—El *skog* contar cuentos esta noche —respondió el oso.

—¿Qué es un *skog*? —preguntó Soren—. ¿Qué cuentos?

—Un narrador. *Skog* significa narrar o cantar. Contar cuentos. Narrar historia. Cantor de canciones.

Cada clan tener un *skog*. El *skog* llevar la historia de un clan, de un hueco. Escuchar ahora. —Levantó su enorme pata a la luz de la luna—. Callar hasta que terminar la canción.

La lengua de agua que habían estado siguiendo se ensanchaba ahora en una laguna rodeada de acantilados y salpicada de cuevas. De las aguas de la laguna sobresalían algunas rocas. Svall les indicó en silencio una de las rocas, donde las cuatro aves se posaron. Cuando terminó la canción, Svall levantó una pata y golpeó la superficie del agua con tanta fuerza que rompió la quietud de la laguna. Entonces dos enormes búhos nivales salieron por la abertura de una cueva.

Uno de los búhos era más grande, presumiblemente la hembra. Soren creyó que debía de ser el *skog*, mientras que el más pequeño debía de ser el pájaro que les habían mandado encontrar.

—*Gunden vhagen, Svallkin* —dijo el búho de menor tamaño.

—*Gunden vhagen, Mosskin. Mishmictah sund heelving dast* —respondió el oso polar.

—Aaah —dijo el búho nival a modo de respuesta.

Entonces los dos búhos se posaron sobre una roca situada a pocos metros de la que ocupaban Soren, Digger, Twilight y Eglantine.

—*Bisshen* hooliano, *vrachtung isser* —gruñó Svall. Pero ninguno de los búhos nivales parecía escuchar al oso polar. Sus feroces ojos amarillos estaban clavados en las garras de combate que llevaba Soren—. *¡Ach!* —exclamó el oso—. *Youy inker planken der criffen skar di Lyze.*

—¿Qué dice? ¿Qué dice? —susurró Twilight.

—Algo sobre las garras de combate de Ezylryb —contestó Digger.

El búho nival más pequeño hizo una seña a Soren con un dedo.

—Creo que quiere que te acerques, Soren —informó Eglantine.

—Está bien. Twilight, dame los papeles sellados de Ezylryb.

El cárabo lapón desató la bolsita de cuero que llevaba sujeta a la pata. Soren la cogió. La lechuza común repasaba mentalmente las palabras preliminares para saludar a Moss, tal como las había ensayado con Ezylryb. Soren se elevó y ejecutó un salto en el aire, corto pero perfecto, y se posó sobre la roca donde se hallaban los dos búhos nivales. «Bueno, ahí va», pensó, y entonces carraspeó y pronunció su discurso en su mejor krakish.

Soren esperaba decir lo que debía, que era:

—Me llamo Soren y soy el pupilo de Lyze. Todos venimos del Gran Árbol Ga'Hoole. Le traigo buenas noticias y saludos de nuestro rey y nuestra reina, Boron y Barran. Traigo documentos sellados de suma importancia.

Los dos búhos nivales no movieron ni una pluma

mientras seguían mirándolo fijamente. Soren extendió una pata con la bolsa. Moss extendió una pata para cogerla y la abrió sin apartar la vista en ningún momento de Soren.

—*Bisshen ich von gunde goot*, ¿eh, Svall?

Moss bajó la cabeza hacia el oso polar, quien flotaba indolentemente panza arriba alrededor de la roca.

Al cabo de lo que pareció una eternidad, Moss levantó los ojos de los papeles que Soren le había entregado. Entonces los dobló cuidadosamente en un paquetito, sin dejar de mirar a Soren con fijeza. Éste se sintió como envuelto en una niebla ambarina y luminosa que manaba de los ojos de Moss. Su molleja se estremecía tanto que se preguntó si no se pondría a temblar todo su cuerpo. Sin apartar la mirada de Soren, Moss habló en voz baja y rápida al *skog:*

—*Murischeva vorden Sorenkin y atlela heviggin Lyze y Octavia.*

—¡Aaah, Octavia y *vingen Brigid*! —exclamó con voz queda el *skog*.

Los ojos de Moss se empañaron, como si estuviera concentrado en algo remoto en un tiempo lejano e inalcanzable. Los dos búhos nivales continuaron hablando. Soren no sólo se preguntaba qué estaban diciendo, sino también qué había escrito en los mensajes sellados de Ezylryb. Sabía que Ezylryb había escrito sobre los Puros y pedía refuerzos de su antigua división, las Centellas de Glaux, para la invasión, así como los temibles Picos de Hielo. Pero el mensaje contenía otras cosas de las que nada sabía.

Moss miró directamente a cada uno de los pájaros como si les tomara las medidas, un tipo de medidas que no tenía nada que ver con el tamaño.

—De modo que vosotros sois la brigada de brigadas —dijo Moss.

Soren casi se sobresaltó. Moss hablaba con sólo una pizca de acento krakish. El búho advirtió la sorpresa de la lechuza común.

—*Ja, ja.* Hablo un poco de hooliano. Y Snorri también.

Señaló con la cabeza al *skog*.

—Sí, lo somos. Por lo menos, la mayor parte de la brigada... —dijo Soren con voz temblorosa.

—Y esto —Moss miró a Snorri y dijo algo en krakish—, este asunto de los Puros es, no sé las palabras, un mal asunto..., un *nachtglaux*, como decimos aquí en los Reinos del Norte. Significa «contra Glaux». Una ofensa al Glaux del que todos venimos.

—Oh, desde luego —dijo Soren—. Es todavía más que una ofensa.

Soren respiró hondo. ¿Cómo expresaría lo que tenía que decir a continuación? Moss y Snorri vivían muy lejos de los Puros y las pepitas. Les resultaría difícil comprender la urgencia de la situación.

Soren se puso a soltar un relato del cerco y la caída de San Aegolius bajo los Puros.

—Consolidarán su poder —siguió diciendo—. Traerán miles de garras de combate del territorio conocido como Más Allá y lanzarán otro ataque, primero contra el gran árbol y después contra todos los demás reinos de lechuzas sobre la faz de la tierra. Y no se detendrán en las lechuzas. —Ahora Soren miró a Svall—. Sé que cuesta trabajo creer que un animal tan grande como Svall pueda ser afectado por algo tan infinitesimalmente pequeño como una pepita magnética, pero es posible. Imagínense si unos animales tan grandes como Svall se convirtieran en instrumentos necios de una de las mayores fuerzas del mal del universo. Imagínenselo.

—De modo que Ezylryb necesita la división de las Centellas de Glaux y los Picos de Hielo. —Moss volvió a desplegar el papel y lo examinó—. *Ja, ja,* y necesita *ach, hordo.*

—¿*Hordo*? —repitió Snorri.

—*Ja, ja* —asintió Moss—. Y quiere —añadió, levantando la vista del papel para mirar a los pájaros jóvenes— que recibáis instrucción en el arte de la espada de hielo.

—¡Espada de hielo! —A Twilight casi se le cayeron las plumas de un salto—. ¡Glaux bendito, espadas de hielo! Lo estoy deseando. ¿De veras ha dicho eso?

Twilight estiró el cuello para ver mejor el papel que Moss sujetaba.

—*Ja, ja,* y ha dicho que el cárabo lapón estaría especialmente entusiasmado. —Volvió a interrumpirse y miró a Twilight—. Y veo que lo estás. Iremos a la isla del Ave Oscura para la instrucción.

—¡El Ave Oscura! ¿Donde vive el herrero ermitaño Orf? —exclamó Twilight—. Creía que sólo iríamos allí a buscar garras de combate. ¡Pero hacer instrucción con espadas de hielo...!

Soren creyó que Twilight estallaría de emoción.

«Todo empieza a tener sentido —pensó Soren—. Eso es lo que debe de decir el resto de la carta. No estamos aquí sólo para reclutar fuerzas para la invasión, sino también para aprender a luchar como las rapaces nocturnas de los Reinos del Norte, con espadas de hielo.»

—Sí, tenéis que recibir instrucción —confirmó Moss—. Ahora podemos irnos.

«De manera que ha accedido a darnos instrucción, pero somos muy pocos —se dijo Soren—. ¿Qué hay de los Picos de Hielo y la división de las Centellas de Glaux? ¿Se lo pregunto?»

—Pero ya casi amanece —observó Digger. Las noches eran tan cortas en aquellas latitudes septentrionales en aquella época del año que apenas había tiempo para volar. El sol ya casi asomaba sobre el horizonte—. ¿Y los cuervos?

Al oír esto, Moss, Snorri y Svall se echaron a reír. Las risotadas del oso polar provocaron una gran agitación en el agua. Los témpanos de hielo se entrechocaron y las olas rompieron contra las rocas sobre las que estaban posados los pájaros.

—Hay muy pocos cuervos por aquí, y si vienen volamos bajo y... Svall, muéstrales lo que haces.

Un destello chispeó en los ojos marrón oscuro del oso. Y entonces, con un potente rugido que hizo caer carámbanos de los acantilados, el oso salió del agua y agitó los brazos y sus grandes patas. Los pájaros se quedaron con el pico abierto. Estaban estupefactos ante la enormidad de aquel oso. Medía por lo menos tres metros de estatura. Por un breve instante, su inmensidad blanca se recortó sobre el anaranjado intenso del sol naciente. Luego volvió a dejarse caer en el agua y se levantaron olas que salpicaron espuma varios metros en el aire. Un cuervo no tendría ninguna posibilidad contra aquellas patas fuertes y colosales.

Ahora los jóvenes pájaros estaban sumamente emocionados. Muy pocas veces habían volado durante las horas de luz diurna, y en aquella extraña tierra blanca sin árboles, con su mar de hielo veteado por lenguas de agua, sería una experiencia nueva y fantástica. Estaban todos entusiasmados; bueno, todos excepto Soren.

—Esto..., un momento —dijo Soren con voz tensa—. Sólo quiero saber una cosa, señor —anunció, mirando directamente a Moss—. Usted ha accedido a darnos instrucción. Pero sólo somos siete pájaros en total. Insuficientes para causar grandes daños.

—Enseñaréis a los demás cuando regreséis al gran árbol.

Soren sintió que se le caía la molleja a las patas.

—Pero ¿qué hay de los Picos de Hielo y la división de las Centellas de Glaux?

—Ah, ésa es una decisión importante. Debe esperar a que se reúna el parlamento.

«¡Pero no hay tiempo! —pensó Soren con desesperación—. ¡No hay tiempo!» Observó cómo las demás aves extendían las alas y levantaban el vuelo. ¿Era el único de la banda a quien esta incertidumbre resultaba insoportable? Soren parpadeó, batió las alas una, dos veces y se elevó de la roca para seguir al resto de la banda y a los dos búhos nivales.

Los cuatro jóvenes pájaros, flanqueados por Moss y el *skog* llamado Snorri, pusieron rumbo hacia la isla del Ave Oscura. Abajo nadaba Svall, deslizándose por el agua con una elegancia sin par, apartando suavemente los témpanos de hielo que se interponían en su camino. El sol asomaba sobre el horizonte como una moneda delgada que doraba el agua con la luz que se reflejaba en ella. El brillante reflejo del sol convirtió las oscuras aguas en ríos de oro fundido que discurrían entre los bloques de hielo.

En plena mañana, el agua centelleaba con un tono azul intenso, el mismo color del cielo. Todo parecía increíblemente nítido y claro. Era un mundo azul blanquecino y, aunque Soren no había vacilado nunca sobre el color de sus plumas, se sentía casi sucio en comparación con los dos búhos nivales y Svall, que encajaban en él a la perfección. No sólo se sentía sucio, sino también completamente desolado por no haber conseguido obtener más promesas de Moss. ¿Qué iba a ser de todos ellos? ¿Del gran árbol, de las aves de presa nocturnas? Bajó la vista hacia Svall, tan poderoso mientras nadaba a través de las gélidas aguas. Pero ¿durante cuánto tiempo aquel hermoso oso blanco seguiría siendo poderoso y libre?

CAPÍTULO 10

Gragg de Slonk

Buena luz. Te veo en un ratito, enfermera. Cuida bien de él —dijo la anciana serpiente kieliana a la cuidadora de Ifghar antes de escabullirse justo cuando salía el sol.

La lechuza campestre que cuidaba del enfermo Ifghar parpadeó con desprecio.

—Viejo borrachín —murmuró para sí—. ¡Sale en busca de su querido zumo bingle!

Pensaba a menudo en lo oportuno que había sido para Gragg acompañar a Ifghar al refugio. Los Hermanos de Glaux tenían fama de elaborar un zumo bingle excelente, que rara vez tomaban, salvo en ceremonias especiales.

Pero aquella mañana Gragg no bajó por el tronco del árbol para dirigirse a la destilería de bingle instalada en el abedul vecino. En su lugar inició una larga ascensión hacia la copa de un árbol. Allí había una rama especialmente sonora que estaba un poco agujereada y se hallaba justo encima de las dos lechuzas hoolianas que habían llegado del célebre gran árbol. Quería oír más de su conversación. Ésta era su oportunidad. Y no tenía intención de echarla a perder con zumo bingle.

Aquellos dos pájaros jóvenes, el cárabo barrado y el pequeño mochuelo duende, le interesaban. Procedían del Gran Árbol Ga'Hoole, supuestamente para estudiar. Pero había algo más, lo sabía. En otros tiempos había alimentado sueños de gloria. Pero ahora ni la Liga Kieliana ni las Garras de Hielo querían tenerlos a él y a Ifghar. Estaba harto de la vida en el refugio. Estaba harto de vivir como un desterrado entre dos mundos, subsistiendo sólo a base de zumo bingle, cuidando de un pájaro lerdo al que antiguamente había tenido por el ave rapaz nocturna más valiente de todos los Reinos del Norte. Había renunciado a todo por Ifghar. Lo había querido como sólo una serpiente que había volado en combate sobre las plumas del lomo de su comandante podía querer a otra especie. Pero en ese refugio olvidado por la gloria, Ifghar se había abstraído cada vez más en sus pensamientos; su molleja, como una vela que se iba consumiendo, sólo se agitaba de tarde en tarde; su cerebro se embotaba cada vez más y el fulgor de sus ojos amarillos se iba apagando.

Y el propio Gragg había sucumbido al zumo. La vieja enfermera, la lechuza campestre, cuidaba más o menos de los dos. Pero ella misma era una mala imitación de una lechuza. Apenas volaba, salvo en los vuelos de meditación, debido a un ala dañada. Tampoco tenía las garras más afiladas del armario, como rezaba el dicho.

«¡Garras de combate!» ¿Cuánto tiempo había transcurrido desde que había visto un par de garras de combate relucientes? Experimentó un hormigueo de alegría mientras trepaba por el árbol para colgarse de una rama situada justo encima del hueco de las dos jóvenes rapaces nocturnas. «Sí —pensó mientras se aproximaba a la rama—, estoy sobrio, todavía soy fuerte pese a los años de zumo, y estos dos pájaros podrían sacarnos de aquí y llevarnos a la gloria, la gloria que debería ser nuestra.» Se preguntó brevemente si Ifghar aún podría volar con él a bordo. «Oh, bueno, no me preocuparé por eso ahora», decidió Gragg, y se colgó con un doble tirabuzón de la rama y seguidamente apretó la cabeza contra un agujero en la madera del árbol para escuchar.

—¿Invasión? Pero ¿por qué una invasión? ¿No podéis hablar con ellos?

«¡Invasión!» Gragg se estremeció de la cabeza a la cola, lo que hizo que su piel azul verduzca reluciera con una irisación espeluznante.

—No, tú no lo entiendes, Cleve.

«Cleve, el príncipe del hueco de Snarth, ese cobarde sin molleja...» Pero Gragg interrumpió su pensamiento y acercó su oído al agujero.

—Verás...

Ahora era el otro cárabo barrado quien hablaba. Gragg lo sabía por el tono un tanto estridente que empleaba. Le parecía muy engreído. No podía entender todas las palabras en hooliano pero sí las suficientes, y de vez en cuando el cárabo barrado hablaba en krakish con Cleve. Tenía que reconocer que su krakish era bastante bueno, como ahora mismo, mientras explicaba que sencillamente no era posible hablar con esas lechuzas que se hacían llamar los Puros.

Mientras escuchaba a los pájaros, Gragg empezó a percatarse de que esa invasión de la que hablaban podía ser su oportunidad de redimirse él e Ifghar. Pero, para ser sincero, sabía que estaba pensando más en sí mismo que en el viejo autillo bigotudo. A fin de cuentas, él era considerado como una no-serpiente del lugar atrasado y provinciano de Slonk. Todas las demás serpientes kielianas despreciaban a las que procedían de Slonk. *Slonkish,* las llamaban. Pero ¿acaso no había demostrado su valor cuando había volado con Ifghar? ¿No había luchado en los Tridentes y en todo Firthmore, por no hablar de la batalla de la Daga de Hielo? ¿No había servido bien antes de que se cambiaran de plumaje y de escamas para combatir a favor de la Liga de las Garras de Hielo? Pero una serpiente de Slonk no podía llegar a ninguna parte dentro de la Liga Kieliana. Eran todos demasiado presumidos. Sólo de pensarlo sentía deseos de tomar un trago de zumo bingle.

Pero no, no sucumbiría a la tentación. Si pudiera forjarse una nueva vida para sí y para Ifghar en la que fuesen reconocidos como los animales verdaderamente distinguidos que eran... «Mi señor. Sí, así lo llamaba, porque Ifghar era mi señor y yo era su vasallo. Y juré servirle. Pero todo salió mal cuando la Liga de las Garras de Hielo perdió.» Oh, él e Ifghar habían tratado de reunirlos para luchar una vez más. Pero no lo hicieron. Bylyric, el viejo búho nival que comandaba las Garras de Hielo, no quiso saber nada de ellos. En su derrota, se había vuelto contra ellos, y acusó al pájaro desertor y a la serpiente escamera de todo. Las últimas palabras hirientes de Bylyric todavía hacían que Gragg se estremeciera. «Ya sabéis lo que hacemos con los desertores y las escameras, ¿verdad? ¡Los expulsamos!»

Y eso fue exactamente lo que hicieron. Pero ahora había una oportunidad. ¡Y Lyze seguía vivo! Esto era lo más importante de todo. Lyze, a quien aquellas rapaces nocturnas llamaban Ezylryb, vivía. E Ifghar todavía alimentaba un enconado odio hacia su hermano.

«Bueno —pensó Gragg—, lo único que debemos hacer es averiguar exactamente qué se proponen estos Guardianes, y luego alertar a los Puros. Si entonces derrotan a los Guardianes y a Lyze, gracias a la inestimable información que les habremos proporcionado, bueno, ¿no nos honrarán esos Puros como verdaderos héroes dignos de recibir honores? ¡La gloria y la venganza serán nuestras!»

CAPÍTULO 11

La isla del Ave Oscura

—¡Eso es, Twilight, muy bien! ¡Acuchilla en diagonal!

Moss y Orf, el herrero del Ave Oscura, estaban posados sobre una aguja de roca saliente mientras Twilight practicaba esgrima con un miembro de la unidad de las Centellas de Glaux. Sus espadas de hielo estaban recubiertas con líquenes y musgo para no causar daño.

Ahora todos los pájaros de la brigada de brigadas habían regresado de sus misiones individuales. Algunas de esas misiones habían salido peor que otras. Soren era muy consciente de ello. Otulissa era quizá la que había tenido más éxito. En la biblioteca había descubierto cierta información vital relacionada con algo llamado fuego frío. Martin y Ruby creían que Hoke de Hock defendería su causa con vehemencia cuando se reuniera el parlamento, e incluso habían recibido la promesa de Hoke de que iniciaría el trabajo preliminar como sólo esas serpientes eran capaces de hacer con las demás serpientes kielianas. Pero Soren no había recibido ni promesas ni indicios de que Moss hablaría con vehemencia en el parlamento.

Los jóvenes pájaros llevaban dos días haciendo instrucción en la isla del Ave Oscura bajo la tutela de Moss y Orf. Se había llamado a miembros de dos de las principales fuerzas de élite, las unidades de los Picos de Hielo y las Centellas de Glaux, para que entrenaran con ellos mientras aprendían el uso del hielo en combate. Twilight, por supuesto, estaba en éxtasis.

—Piénsalo, Soren —no dejaba de decir—. ¡Las armas que tendremos! A fin de cuentas, básicamente fuimos nosotros los que inventamos la lucha con fuego.

Eso no era del todo cierto. Los Guardianes ya habían combatido con fuego antes, pero era la brigada de brigadas, concretamente las aves de la brigada de recolección de carbón, la que había desarrollado ese arte en una sola batalla cuando habían empezado a volar espontáneamente con ramas encendidas. Fue cuando habían sido atacados por Kludd y los Puros durante el rescate de Ezylryb.

—Y ahora —continuó Twilight— podremos luchar con fuego y hielo. Y dicen que el hielo de aquí es más afilado que las garras de combate más afiladas.

Esto estaba muy bien, pensó Soren. Pero los verdaderos expertos en la lucha con hielo eran los miembros de la Liga Kieliana. Habían ganado la Guerra de las Garras de Hielo muchos años atrás. Las compañías y divisiones de la Liga Kieliana habían seguido entrenándose durante todos aquellos años de paz. ¿Por qué no podía Moss reunir pronto al parlamento para pedir refuerzos? Era de lo más frustrante.

Soren fue a posarse sobre otra percha donde podía ver cómo Gylfie y Martin, los dos pájaros más pequeños de la brigada, recibían instrucción de los Picos de Hielo en las tareas de astillar hielo. Estaban aprendiendo una parte delicada y mortífera de la lucha. Suspiró mientras los observaba. Lo estaban haciendo bien. Pero sin la ayuda de la división entera de Picos de Hielo, pensó, volarían todos hacia un infierno abierto de muerte segura en la invasión de San Aegolius. Soren siguió observando. Aquellas astillas, aunque de menor tamaño, eran todavía más afiladas que las espadas. Cuando se lanzaban y daban en el blanco, el resultado solía ser la muerte instantánea. Pero luchar con astillas de hielo era una actividad que planteaba un reto. Uno había de tener la pata firme y una gran precisión, a la vez que volaba a velocidades muy altas.

—¡Más rápido, más rápido, Gylfie! —gritaba un autillo flamulado de plumaje entrecano con voz chillona.

Todos los autillos flamulados hablaban con gritos bajos y en cierto modo melosos. Eran los más chicos de todos los búhos, pero no tanto como Gylfie. Todas las rapaces nocturnas pequeñas, de las cuales había pocas en los Reinos del Norte, habían recibido instrucción en el arte militar de las astillas de hielo.

—¡Apunta al ojo, Gylfie, y entonces le atravesará directamente el cerebro y estará *kerplonken*!

Todos habían aprendido la palabra *kerplonken,* que significaba «acabado»: cerebro muerto, molleja muerta, alas desmadejadas. Gylfie y el pájaro con el que se entrenaba, un mochuelo chico de los Picos de Hielo llamado Grindlehof, llevaban puestas gafas protectoras, cuyas lentes se habían confeccionado hábilmente con fragmentos de lo que llamaban *issen blauen,* o hielo azul.

Durante una pausa, Soren voló hasta Gylfie.

—¿Tú qué crees? —preguntó el mochuelo duende sin aliento.

—¿A qué te refieres? —replicó Soren.

—¿Tengo alguna posibilidad como guerrero con astillas de hielo si gano velocidad? —Gylfie se interrumpió y levantó la vista un segundo. Una mancha roja pasaba como un rayo por el cielo azul claro con una cimitarra de hielo reluciente—. ¡Vaya! ¡Mira a Ruby!

Ruby, una lechuza campestre, era la mejor voladora de todos ellos. Ahora parecía un cometa surcando el cielo, sus alas semejantes a llamas rojas y la hoja curva de la cimitarra destellando a la luz del sol.

Pero Soren estaba preocupado.

—Vamos a necesitar algo más que a Ruby y a ti con cimitarras y astillas de hielo. No importa lo buena que llegues a ser. Si Moss no llega con más soldados... —Soren vaciló—. Bueno, supongo que estamos *kerplonken.*

—¿Aún no hay noticias de Moss?

—El parlamento de la Liga Kieliana tiene que reunirse. Ellos son los únicos que pueden decidir. Lo peor es que el parlamento no se reunirá hasta que nos hayamos marchado.

—¡Eso será mañana! ¿No pueden convocar una sesión de emergencia?

Soren miró a Gylfie y parpadeó.

—Gylfie, hay una cosa que he aprendido desde que estoy en los Reinos del Norte: estos pájaros son inamovibles. No es posible influirles. Tienen su manera de hacerlo todo, desde cazar hasta acicalarse, desde hacer el nido con musgo y plumón...

—Hasta recoger hielo —completó Digger, posándose en el afloramiento junto a Soren y Gylfie.

—¿Recoger hielo? —exclamaron Gylfie y Soren al unísono.

—Desde luego —repuso Digger—. Ahora mismo estaba aprendiendo de un par de búhos nivales a arrancar fragmentos de hielo para hacer espadas, astillas, dagas y cimitarras. Se trata de un trabajo de ingeniería muy preciso. Y si crees que estos pájaros son inamovibles, deberías ver las serpientes kielianas que me han enseñado a enterrar las espadas para conservar su filo y evitar que se derritan. Puedes decir que «son inamovibles», pero creo que en realidad forma parte de la supervivencia en este reino de hielo. Aquí no hay segundas oportunidades. O lo haces de una manera o mueres.

Soren miró fijamente al mochuelo excavador mientras hablaba y, cuando hubo terminado, Soren parpadeó. Esto era muy propio de Digger. El más filosófico de todas las aves de presa nocturnas, Digger siempre andaba excavando bajo la superficie de las cosas, fisgoneando debajo de lo evidente para descubrir una verdad más profunda en la oscuridad: las facetas y los significados ocultos de la vida. Soren giró la cabeza.

—¿Veis ese búho, Snorri, en lo alto de ese acantilado?

—Sí —dijo Gylfie—. ¿Qué está haciendo?

—Es la *skog* —respondió Soren.

—Pero ¿qué está haciendo?

—Cantar —dijo Soren—. Es la narradora de historias, la conservadora. Averigüé que *skog* significa no sólo «narrar», sino también «guardar».

—Bueno, ¿y qué está guardando o narrando ahí arriba? —preguntó Gylfie.

—A nosotros —dijo Soren en voz baja—. Está hablando de nosotros. Qué estamos haciendo aquí. Por qué hemos venido. Pero ojalá conociera el final del relato —suspiró Soren.

Entretanto, oculto entre las sombras de un acantilado apartado en la isla del Ave Oscura, estaba posado un autillo bigotudo viejo y achacoso. A sus pies se enroscaba una serpiente.

—¿Quieres decir que mi hermano aún vive?

Era por lo menos la centésima vez en dos días que Ifghar hacía esta pregunta.

—Sí —asintió Gragg con paciencia infinita.

—¿Y que estos pájaros han sido enviados por él, para una..., una...?

Ifghar trató de ordenar sus pensamientos. Había transcurrido mucho tiempo desde la última vez que había dado con algo en lo que merecía la pena pensar, y todavía más hablar.

—Una invasión —apuntó Gragg.

—¿Una invasión de qué?

—No estoy seguro. De algo llamado los desfiladeros que está en poder de una fuerza llamada los Puros.

—Creía que Lyze había dejado de luchar. Que había colgado sus garras.

—No es él quien lucha. Son esos pájaros. Y están tratando de reclutar aves y serpientes de la Liga Kieliana.

—*¡Rrrrrr!* —Ifghar emitió una especie de gruñido—. Buena suerte —dijo mordazmente.

«¡Buena señal! ¡Buena señal! —pensó Gragg—. Siente algo.» Habían pasado años desde que Ifghar había experimentado alguna emoción. Era como si en la envidia y los celos que sentía por su hermano, Lyze, hubiese invertido hasta el último gramo de sentimiento, de ira, de odio, de todo. Simplemente se resignaba a ser llevado por todas partes por esa estúpida lechuza campestre, Twilla. Desde luego, Twilla los había acompañado en este vuelo hasta la isla del Ave Oscura, pero Gragg la había mandado a cazar lémures. Se había ido sin rechistar, ya que estaba extasiada al ver que el viejo autillo bigotudo, por primera vez desde que ella estaba a su cuidado, había demostrado cierto interés por hacer algo. Pero Gragg había tenido la precaución de no decir a Twilla nada acerca de Lyze ni de quiénes eran esos pájaros.

Esperó, y luego empezó a hablar a Ifghar con voz pausada.

—Ahora escúchame con mucha atención, Ifghar. ¿Quieres la gloria que iba a ser tuya? Y no me refiero a Lil. No hablo de amor. Hablo de gloria, poder, respeto. —Ifghar parpadeó. Gragg continuó—: Supongamos que obtenemos información, información buena, información valiosa acerca de cuándo piensan invadir esos Guardianes, y supongamos que se la proporcionamos a los Puros y que gracias a esa información consiguen derrotar a tu hermano y a los Guardianes. Bueno, ¿no crees que te devolverían la gloria que te robaron?

Al pronunciar la palabra «robaron», Gragg se desenroscó y se quedó plano sobre la roca para que Ifghar pudiera ver mejor lo que quería que viera.

Ifghar se inclinó más sobre su percha y miró hacia los pájaros que ensayaban técnicas de combate. Se aclaró los ojos con la membrana fina y transparente que permite a las aves de presa nocturnas limpiar todo aquello que pueda interferir en su visión.

—¡No! —farfulló.

«¡Ah, pues sí!», pensó Gragg. Eso era exactamente lo que quería que Ifghar viese. Las inconfundibles garras de combate de su hermano Lyze, pulidas y relucientes, en los dedos de otro pájaro: ¡una lechuza común, ni más ni menos! Gragg las había visto por primera vez dos días antes, cuando había pedido un vuelo a lomos de un cárabo lapón, un viejo mercenario amigo suyo que se había convertido en pirata.

—¡No! —repitió Ifghar, incrédulo—. ¡Las garras! Mis garras. Esas garras de combate deberían ser mías. ¡Las ha robado!

—En efecto, mi señor.

Ifghar se volvió hacia la serpiente y parpadeó. «Mi señor, me ha llamado "mi señor".» Un estremecimiento de gozo sacudió su molleja. Los ojos amarillos y empañados se encendieron, como dos chispitas a punto de llamear.

CAPÍTULO 12

Atrapados en una daga

Podría decirse que los vientos katabáticos alimentan los ventarrones.

—Oh, genial —murmuró Gylfie mientras Otulissa peroraba sobre los feroces y peculiares vientos que ahora los mantenían inmovilizados en un saliente de la cara este de la Daga de Hielo.

—¿Sabéis?, la densidad del aire frío es mayor que la del aire caliente, y por eso en invierno...

—Pero aún no es invierno —objetó Soren.

Había un tono de arrepentimiento en la voz de Soren. Se sentía muy mal. Era él quien había aplazado su partida hasta el último momento posible, esperando que el parlamento decidiera reunirse antes. La luna había menguado hasta desaparecer y ahora un hilo de ella, tan delgado como el filamento más fino de una pluma de plumón, colgaba en el cielo azul pálido. Ya habían intentado levantar el vuelo dos veces, pero se habían visto frenados en cada ocasión. Los vientos acrecentaban el agravio ya de por sí intenso que sentía Soren. Había fracasado tan completamente, que resultaba inimaginablemente difícil afrontar a Ezylryb. Ya era bastante malo regresar —si es que lograban hacerlo— sin garantías, pero ahora, con esos vientos, estaba poniendo en peligro a la brigada de brigadas. Había sido una estupidez esperar. Y si regresaban, ¿qué les aguardaba? No había ninguna esperanza de victoria sin los Picos de Hielo.

Existía una posibilidad de que los cuatro pájaros de la brigada de tiempo —Soren, Ruby, Martin y Otulissa— pudieran conseguirlo. Eran expertos en volar con cualquier tipo de viento. Twilight, debido a su tamaño y su fuerza, habría podido volar con él. Pero para los demás era improbable. No poseían las aptitudes necesarias para hacer frente a esos vientos tumultuosos y violentos. Pero todos ellos volaban cargados, con sus bolsas de piel repletas de armas de hielo que iban desde cimitarras hasta espadas, desde astillas hasta dagas de hielo.

—Creedme, ese pájaro tiene más resuello que cualquier viento katabato o como se llame —gruñó Twilight—. Métete un ratón en el pico, Otulissa —bramó.

—Ojalá pudiera —suspiró Ruby—. Ojalá pudiéramos todos.

Llevaban tres días prisioneros en aquel estrecho saliente de la Daga de Hielo. El único alimento disponible allí eran los peces que el enfurecido mar arrojaba a sus pies y que aterrizaban en la llamada empuñadura de la Daga de Hielo. Y a esas rapaces nocturnas no les gustaba el pescado más de cómo les gustaban los amargos lémures.

—Glaux bendito, ¿qué es esa cosa que acaba de aparecer en la cresta de aquella ola? Mirad cómo agita las garras. Parece que haya caído de espaldas.

Digger miraba hacia abajo desde el saliente, donde estaban posados, hacia la empuñadura.

—Oh, es una langosta, un crustáceo, del reino animal pero forma parte del subfilo de los artrópodos, a diferencia de nosotros, que pertenecemos al filo de los cordados, lo que significa que los miembros de nuestro filo suelen tener cabeza y cola, un sistema digestivo con una abertura en los dos extremos y... —empezó a disertar Otulissa.

—¡Oh, estupendo! ¿Quieres hacer el favor de meterte un filo bien gordo en tu enorme pico, Otulissa? ¡Me estás fastidiando! —gritó Digger.

Soren parpadeó. La situación empeoraba rápidamente si Digger, el pájaro más tranquilo y tolerante de todos ellos, se rebajaba a gritar y soltar palabrotas. Digger jamás soltaba palabrotas. Era evidente que empezaba a aquejarles la fiebre del hueco. Esto ocurría cuando las aves de presa nocturnas habían estado encerradas demasiado tiempo en sus huecos. Pero este no era un hueco con plumón y musgo mullidos y confortables. Eran ocho pájaros apretujados en un saliente estrecho con sus bolsas de piel llenas de armas. Los carámbanos de arriba parecían alargarse a cada momento. Los carámbanos suspendidos sobre el saliente les daban la impresión de estar mirando desde el interior de la boca colmilluda de un gran carnívoro. No era muy agradable. Pero, por otra parte, ¿qué podían hacer? Los vientos gélidos y sesgados arrojaban una sorprendente variedad de animales marinos, ninguno de los cuales resultaba especialmente apetitoso como alimento.

—Vamos a ver —dijo Digger, recobrando parte de su ecuanimidad habitual—. ¿Cómo se puede comer algo así?

Estaba mirando un pulpo que acababa de salir despedido del agua.

—¿Por dónde empezar? —suspiró Eglantine.

—Ocho patas. Qué estúpida —observó Gylfie—. Debería haber cambiado cuatro de ellas por un par de alas.

—¿Cómo sabes que es una hembra? —preguntó Ruby.

—Es interesante que te plantees cuál es el sexo de un pulpo —empezó a decir Otulissa.

«Cállate, por favor. No recurriré a la violencia. Soy el líder de esta misión. No recurriré a una conducta inapropiada para un líder.» Soren había cerrado los ojos tratando de sofocar su ira y concentrándose para no pegar a Otulissa en la cabeza con un carámbano. Notó algo pequeño que le golpeaba ligeramente la pata. Era Gylfie.

—Soren, ¿qué es eso de ahí? No parece nada bueno.

CAPÍTULO 13

Piratas

Desde luego que no. El silencio cayó sobre los pájaros. Por encima del agua, en la noche cada vez más oscura y salpicada de espuma, una docena o más de aves de presa nocturnas volaban hacia la Daga de Hielo. No pertenecían a ninguna de las fuerzas de la Liga Kieliana que hubiesen conocido en la isla del Ave Oscura. No había un Pico de Hielo ni una Centella de Glaux entre ellas. Pero no había duda de que iban armadas, y tenían un aspecto de lo más curioso. Sus plumas no eran negras, blancas, grises ni de ninguno de los colores pardo leonado de las lechuzas normales, sino que estaban teñidas de tonos vivos y chillones. Algunas de ellas presentaban manchas anaranjadas y moradas; otras, rojas y amarillas, y aun otras lucían verdes y azules tornasolados.

—Glaux bendito, ¿habéis visto nunca una lechuza de ese color? —farfulló Martin.

—¿Qué creen que son: loros? —murmuró Twilight.

—Son *kraals* —dijo Otulissa.

—¿Qué? —preguntó Soren.

—*Kraals* —repitió Otulissa—. Es una palabra krakish que significa piratas.

—¡Piratas! —exclamaron los otros siete.

Pero por lo menos Otulissa tuvo el detalle de no extenderse en una disertación sobre su filo, género o especie. A fin de cuentas eran aves rapaces nocturnas. Había leído acerca de lechuzas piratas por primera vez en el largo poema narrativo *Yigdaldish Ga'far,* que glosaba las heroicas aventuras del gran búho nival Proudfoot y de un búho real llamado Hot Beak. No, no había necesidad de saber a qué clase o grupo pertenecían aquellos piratas. No eran más que los matones de los Reinos del Norte. No luchaban en ningún bando. Luchaban para matar, a veces para capturar y siempre para robar. Eran más peligrosos que las garras de alquiler, que combatían para cualquier bando que les pagara, porque básicamente esos piratas permanecían unidos como una banda, y de este modo habían llegado a ser mucho más hábiles en sus estrategias.

—Esto no pinta nada bien —observó Ruby.

—¡Pero yo soy un pájaro muy malo! —ululó Twilight a plenos pulmones y, justo cuando los piratas se acercaban, el cárabo lapón despegó de la prisión de carámbanos.

A continuación, después de coger el carámbano más grande que podía manejar, se dejó llevar por una fuerte ráfaga de viento. Ruby lo siguió, y después Soren, pero antes de levantar el vuelo se volvió hacia Gylfie, Eglantine y Digger.

—Vosotros quedaos aquí. No sois de la brigada de tiempo. No podréis volar en esta turbulencia. Limitaos a suministrarnos armas.

—¡Sí, señor! —dijeron todos.

Soren sabía que con sus fuertes patas Digger arrancaría y les proporcionaría buenos fragmentos de hielo, ya que las serpientes le habían enseñado a hacerlo en el Ave Oscura. «¿Dónde están ahora esas serpientes? —se preguntó Soren—. Ojalá apareciera la unidad de las Centellas de Glaux o los Picos de Hielo. Ojalá hubiera un árbol. Ojalá tuvieran fuego.» Pero no había tiempo para ojalás. Tenían que luchar. Otulissa y Martin se batían con una lechuza de llamativos colores amarillo y morado. Martin surcaba el viento como una flecha, blandiendo su astilla de hielo en mitad de la noche. Otulissa esgrimía no una sino dos dagas en sus garras.

Era una escena extraña: más de una docena de aves rapaces nocturnas arremolinándose en torno a la Daga de Hielo que emergía del mar. Las lechuzas teñidas parecían un arco iris desquiciado. Estaban aquí, allá y en todas partes. Sin embargo, Soren no había visto nunca nada tan pequeño volar tan rápido como Martin. De pronto se oyó un chillido de dolor y una lechuza de color azul intenso se precipitó en picado a las enfurecidas aguas. Twilight llegó volando.

—¡Eh, Martin, choca esos cuatro!

Y extendió sus garras hacia Martin con un alegre ululato de triunfo. Pero la victoria iba a ser efímera.

—¡Cuidado, Twilight, en tu cola! —gritó Soren.

Twilight se lanzó en un giro magistral a través de una ráfaga de viento y eludió el ataque por la cola. Luego giró hacia arriba y, bailando en los bordes irregulares de los cortantes vientos, el cárabo lapón se puso a graznar.

Dame cuatro, dame cinco,
yo te daré tu merecido.
Soy un pájaro muy malo
y no me ando con remilgos.
Te haré ulular de espanto,
llamarás a mamá y a papá.
Te acosaré sin descanso
hasta que caigas hacia atrás.
Ahora me oirás retumbar
y te empezarás a preguntar:
¿Está aquí?
¿Está allí?
¡Está en todas partes!
Este pájaro tan malo
emplea muy malas artes.

Un arco reluciente de hielo destelló a la luz de la luna y Soren se quedó boquiabierto al ver cuatro alas de vivos colores separarse de dos lechuzas distintas. Unos chillidos de dolor se dejaron oír sobre el fragor del viento y la noche se salpicó de sangre.

—¡Ruby, por Glaux bendito en el glaumora! —oyó Soren la voz atónita de Otulissa.

Ruby parecía igual de estupefacta. Mientras volaba, miró incrédula su cimitarra de hielo, con la que había cortado hábilmente las alas de dos de los pájaros más grandes de un solo tajo.

De repente, la población de piratas había menguado espectacularmente. La lechuza con la que Soren había estado luchando desapareció.

—Creo que se baten en retirada —observó Otulissa.

Soren parpadeó. Sí, apenas podía distinguir las plumas de sus colas mientras regresaban en la dirección de la que habían venido. «¿Qué lleva ésa en sus garras? No parece una daga de hielo. No es lo bastante grande.» Soren parpadeó de nuevo. ¿Tenía una forma vagamente familiar? Y justo cuando Soren se lo preguntaba, un grito ronco hendió la noche.

—¡Gylfie! ¡Tienen a Gylfie! —gritó Otulissa.

Soren extendió las alas dispuesto a salir en su persecución, pero justo en ese instante se levantó una espesa niebla. Era la niebla más densa y más veloz que Soren había visto nunca. Parecía como si de repente una capa de liquen o de musgo gris se hubiera extendido sobre la negrura de la noche. Era absolutamente impenetrable. Cuando hubo pasado y la noche volvió a tornarse negra, supieron que para entonces Gylfie ya estaba demasiado lejos para poder encontrarla en aquella inmensidad de hielo.

Las estrellas titilaban en el cielo. Soren sabía que, si hubiese estado volando, se habría desmadejado presa de horror. Por primera vez desde que era un polluelo huérfano, estaba separado de su querida amiga. Era como si le hubiesen quitado una parte irreemplazable. «Como si me hubiesen arrancado la molleja», pensó. Giró la cabeza completamente hacia atrás para que los demás no le vieran llorar.

CAPÍTULO 14
La guarida de los piratas

«Qué curioso», pensó Gylfie. El pirata que la había agarrado ahora la soltó de sus garras y Gylfie volaba, aunque parecía requerir muy poco esfuerzo. Y sin embargo escapar, se percató enseguida, era imposible. Observó la formación de las lechuzas que la rodeaban. La banda había hecho en cierta ocasión algo parecido a eso para ella cuando volaban con vientos muy intensos. Habían creado un sitio en calma entre ellos para parar los vientos más fuertes. Pero esto era algo mucho más avanzado. Empezó a darse cuenta de que mediante esa formación de pájaros y su aleteo rítmico, habían creado una especie de vacío que aspiraba literalmente a Gylfie y no le dejaba ninguna posibilidad de huir.

«Una verdadera prisión hermética. Astuto. Muy astuto.» Gylfie sintió un temblor muy hondo que le sacudía la molleja. Aquello no presagiaba nada bueno. Había confiado en que esas aves no fueran tan listas; que tendría una oportunidad de superarlas en ingenio. Pero una lechuza capaz de inventar ese vacío volador no era estúpida. Bueno, tendría que observarlos en silencio. Escuchar y mirar. Aunque hablaba un krakish muy tosco, Gylfie se sorprendió de cuánto comprendía. Su krakish debía de haber mejorado bastante a raíz del tiempo que había transcurrido en el refugio de los Hermanos de Glaux.

Ahora ya llevaban volando un buen rato y la noche había empezado a perder intensidad. Gylfie tomó una referencia en la última estrella y la posición del sol naciente y supo que volaban en dirección nordeste. Se figuró que se hallaban en algún punto entre el mar Amargo y la bahía de Colmillos. Bajo ellos, los campos de hielo se ensanchaban. No cabía duda de que habían dejado atrás el mar del Invierno Eterno. Cuando bajó la vista a la luz cada vez más intensa del alba, pudo ver que las grietas en los campos de hielo eran de un azul verdoso muy distinto del azul intenso del agua marina. De repente, Gylfie cayó en la cuenta de que debían de sobrevolar el glaciar Hrath'ghar. El sol naciente empezó a adoptar un curioso color verde vivo, como de menta, y entonces aparecieron unos picos escarpados. Eran de un imposible color azul añil. «Esto —pensó Gylfie con cierta amargura— debe de ser su fuente de inspiración para los colores.» Quizá cuando uno estaba tan al norte en un mundo completamente blanco, cubierto de nieve y hielo, el propio aire y la misma luz se convertían en un prisma y la blancura de todo —hielo y roca, picos y tierra— se descomponía en todos los colores del espectro.

Se preguntó dónde dormían los piratas. Seguramente en grietas del hielo, pues no se veía un solo árbol. «Volveré a sentir nostalgia de los árboles», pensó distraídamente. Pero sabía que ése era el menor de sus problemas. Sin embargo, se preguntaba para qué la querían. ¿Era un rehén? ¿Qué valor podía tener ella para esos pájaros piratas, esos *kraals*?

La guarida de los piratas no estaba en las grietas de hielo de los picos altos, sino más bien era una serie de nidos en el suelo en madrigueras situadas dentro y debajo de guijarros. Gylfie fue encerrada en una celda de roca y la vigilaban todas las horas del día. Se sorprendió al ver que la tierra no era toda glaciar, sino una vasta superficie esponjosa recubierta de musgos, líquenes y plantas arbustivas. Había leído acerca de formaciones de terreno como ésa; creía recordar que se llamaba tundra. Bajo la tundra, la tierra estaba helada y nunca se derretía, pero en la parte superior había una corta estación de crecimiento en la que podían recogerse bayas. Por la noche, los lobos aullaban, lo cual le resultaba muy desconcertante al estar encerrada en el suelo sin poder volar. Sin embargo, pudo echar una ojeada a las madrigueras principales de la guarida de los piratas y lo que vio la dejó intrigada. Aquellos piratas podían ser listos con sus vacíos sin viento para transportar prisioneros, pero eran también increíblemente presumidos. Habían pulido láminas de lo que llamaban en krakish *issen vintygg* o «hielo profundo» para darles un acabado parecido al de un espejo, y los piratas se pasaban horas interminables pintándose las plumas y admirando sus reflejos en aquellos espejos de hielo. Los tintes que utilizaban estaban hechos con bayas y los pocos juncos y hierbas que crecían en el verano de la tundra.

Gylfie empezó a meditar largo y tendido sobre vanidad y espejos. Ella y los demás miembros de la banda habían tenido alguna experiencia con espejos y sabía que la vanidad engañaba, no era una virtud sino una debilidad. Mucho tiempo atrás, cuando Gylfie, Soren, Twilight y Digger habían recorrido su largo y penoso viaje para dar con el Gran Árbol Ga'Hoole, habían sido los Lagos Espejos de la región conocida como Los Picos los que habían estado a punto de ser su perdición. Fascinados por sus propias imágenes reflejadas en la superficie de los lagos, la banda casi había olvidado que eran aves rapaces nocturnas. Habían olvidado su propósito, sus objetivos y todo lo que habían arriesgado, hasta casi la muerte, simplemente porque habían caído bajo el hechizo de la vanidad. Si la Señora

Plithiver, la vieja serpiente nodriza de Soren desde que éste vivía en Tyto, no hubiera estado allí para echarles un serio rapapolvo, bueno, quién sabe qué habría podido ocurrir. Entonces Gylfie recordó una frase de un libro de Violet Strangetalon que había leído en cierta ocasión: «La locura de la vanidad es la perdición del pavo real, un pájaro que apenas vuela, contentándose con ser así y con pavonearse para recibir la admiración de las criaturas terrestres. Su espantosa ostentación sólo es igualada por su espantosa estupidez.» Había algo más en ese libro que resultaba muy evocador, pero Gylfie no podía recordar qué era.

Espió desde su celda. Los dos guardias cotorreaban sobre sus nuevos tratamientos para las plumas de la cola y hacían poses frente a uno de los espejos de hielo. Eran grandes, cuatro veces mayores que Gylfie, y llevaban dagas de hielo, y Gylfie sabía que eran capaces de usarlas. Pero sin duda tenía que haber un modo de salir de allí. «Dejaré que su vanidad me guíe», pensó Gylfie. Pero ¿de cuánto tiempo disponía y por qué, por qué la retenían allí? ¿Para qué necesitaban un pequeño mochuelo duende que sería completamente inútil en aquellos vientos katabáticos? Para ellos, Gylfie era un pájaro que requería una atención constante. Había que alimentarla y vigilarla. ¿Cuál era el motivo de todo esto?

Gylfie ignoraba que iba a averiguarlo en cuestión de segundos. Oyó un sonido familiar cuando algo se arrastró por el pasillo adyacente a su celda. Luego, la poca luz que se filtraba al interior de la cueva fue obstruida cuando la enorme cabeza de una serpiente kieliana asomó por la puerta. Dos colmillos inmensos destellaron en la penumbra.

—¡Gragg! —exclamó Gylfie tragando saliva.

CAPÍTULO 15

Las sospechas de Twilla

Justo después del vuelo de meditación nocturna, Twilla regresó al hueco, que estaba vacío como ya se esperaba. ¿Adónde habían ido ese viejo autillo desgraciado y esa espantosa serpiente? Sintió una punzada de culpabilidad al llamar «desgraciado» a Ifghar. Sin duda, eso no era digno del refugio de los Hermanos de Glaux. Llevaba años cuidando de Ifghar y, si bien la movía a compasión, no podía decir que hubiese experimentado jamás cierto afecto por él. Era costumbre de los Hermanos de Glaux perdonar siempre, y ella lo había perdonado por su traición contra su hermano, el noble Lyze de Kiel, y la Liga Kieliana. El propio Lyze le había dicho antes de abandonar el refugio que sabía que algún día su hermano Ifghar vendría pidiendo clemencia y ayuda, y que esperaba que ella lo ayudara como había hecho con Octavia y con él cuando habían llegado. Pero en realidad Lyze no había necesitado demasiada ayuda. Sólo había requerido soledad y tiempo para reponerse de la devastadora pérdida de su amada Lil.

Ifghar necesitaba de todo y sin embargo no daba nada. Había sido expulsado por la Liga de las Garras de Hielo. De modo que el traidor se había sentido traicionado, lo cual lo había llevado a la demencia. Su serpiente, Gragg, era difícil de soportar pero fácil de ignorar la mayor parte del tiempo, porque estaba piripi o bien se había desmayado. Gragg era el único que se había quedado con Ifghar. Twilla suponía que debía concederle algún mérito por ello. Pero, en las últimas semanas, las cosas habían empezado a cambiar, muy ligeramente al principio. Por un lado, Gragg estaba sobrio. El caso de Ifghar había resultado más difícil de explicar. Al comienzo Twilla había observado un nuevo fulgor en sus ojos perpetuamente apagados. Había empezado a volar mejor, hasta esa noche en la que Gragg anunció que él e Ifghar iban a salir juntos.

—¿Juntos?

—Sí, juntos —había dicho Gragg.

—¿Crees que está preparado, Gragg? Me refiero a que hace años que no vuela con una serpiente encima.

—Está preparado. Ya hemos hecho algunos vuelos cortos para practicar.

—¿De veras? —Twilla estaba perpleja. «¿Cuándo lo habrán hecho?», se preguntó—. Bueno, un vuelo corto de práctica es una cosa, pero éste parece un vuelo más largo, y creo que debería acompañaros.

—Twilla —repuso la serpiente con firmeza, pero en un tono casi amable tratándose de Gragg—. No hay ninguna necesidad de ello. Espero que te hayas fijado en que no he probado ni una gota de zumo bingle desde hace algún tiempo.

—Bueno, sí, Gragg, me he fijado.

—He hecho una promesa.

—¡Dios mío! Estoy impresionada.

—Sí, también lo está el Hermano Thor. Sé que puedo hacer este vuelo. Yo..., yo..., no sé cómo decirlo... —Gragg vaciló y sacudió la cabeza—. Espero que lo entiendas, pero es muy importante para mi autoestima y para la de Ifghar que hagamos este vuelo solos. —Se detuvo y levantó la vista hacia Twilla—. Ifghar y yo hemos pasado por muchas vicisitudes. Hemos hecho cosas de las que no nos sentimos especialmente orgullosos. Pero creo que ahora los dos nos estamos recuperando en cuerpo y alma.

Twilla estaba desconcertada. No había oído nunca a esa serpiente kieliana hablar de ese modo. Sin duda estaba sobrio, era modesto y hasta casi agradable.

—Bueno, sí. Lo entiendo, Gragg. Creo que es algo digno de admiración.

—Sabía que tú lo comprenderías, Twilla. Has estado con nosotros mucho tiempo.

Ahora Twilla recordaba aquella conversación. Había acontecido hacía pocas semanas, pero en ese tiempo Gragg e Ifghar habían realizado varios vuelos y a menudo no se habían presentado a meditación. Empezaba a desconfiar. Así, una noche decidió seguirlos. No le resultó fácil, por culpa de su ala herida. Es más, se sorprendió al verlos dirigirse no hacia el sur sino hacia el este, en dirección al glaciar Hrath'ghar. ¿Por qué diablos volaban hacia el glaciar Hrath'ghar? En ese lugar olvidado de la mano de Glaux no había nada... ¡excepto garras de alquiler y *kraals*!

Le dolía mucho el ala, pero Twilla había sido en sus tiempos una voladora excelente, una estupenda intérprete de los vientos, y sabía exactamente cómo sacar el máximo partido de cada ráfaga y cada remolino de aire. Pero ahora, en aquella tundra sin árboles, debía tener cuidado. Un pájaro de plumas sencillas como ella, curiosamente, iba a llamar la atención entre los *kraals* pintados con colores chillones que dominaban aquel territorio al otro lado del glaciar. A Twilla se le daba bien volar bajo y podía servirse de los escasos arbustos enanos para ocultarse hasta cierto punto. Era de día, pero no había cuervos en aquella región, de modo que podía haber otras aves rapaces nocturnas volando en ese mismo momento. Dada la proximidad del invierno, habría innumerables partidas de caza acechando en la tundra a ratas y lémures para los interminables meses en los que su mundo estaría recubierto de hielo. Vio una de sus charcas de tinte justo debajo. Los remolinos de color rosa y bermellón en la depresión natural de la tundra la hicieron parpadear. No dejaba de ser curioso que pudieran encontrar tales colores en una tierra tan monótona e incolora. Pero Twilla sabía que muchas bayas y algo llamado pepitas de la tundra se podían prensar y mezclar con varias sustancias para obtener los vivos colores que tanto agradaban a los *kraals.* Pero, en realidad, los colores y los dibujos de los *kraals* eran muy primitivos. Los Hermanos de Glaux eran mucho más avanzados como pintores y tintoreros. Ellos, por supuesto, no usaban los tintes para embadurnarse. Creían que pintarse era una especie de violación o sacrilegio de la condición de aves rapaces nocturnas. Ellos utilizaban los tintes para iluminar manuscritos y libros.

Poco después distinguió un montón de guijarros igual que los que utilizaban los piratas de la tundra para construir sus nidos. Voló más bajo entre los arbustos enanos en busca de alguno bien espeso para ocultarse tras él. Entonces esperaría. Esperaría a dar con alguna señal de Ifghar y Gragg.

«¡Glaux!», se dijo Twilla. Se precipitó hacia el arbusto más próximo. De la grieta entre los guijarros salían lechuzas. Se encogió en una repentina reacción de miedo que hizo que se le alisaran las plumas. La robusta lechuza campestre se hizo de pronto más pequeña, hasta el punto de que el arbusto, aunque no era muy espeso, le proporcionaba al menos cierta protección. Y si le era posible reducir aún más su tamaño, lo hizo al ver a dos piratas sacando un pájaro muy chico con una soga atada a una pata. Ese pequeño pájaro era el mochuelo duende Gylfie, que había estado en el refugio. Y, aún más sorprendente, la seguían Ifghar y Gragg. «Por el amor de Glaux, ¿qué le están haciendo a este pequeño mochuelo duende?»

Twilla no tuvo que esperar mucho para averiguarlo. Giró la cabeza hasta orientar sus oídos exactamente hacia las aves. Las lechuzas campestres no poseen la agudeza auditiva de una lechuza común, pero aun así oyen muy bien y, afortunadamente, Twilla estaba a favor del viento, de modo que el sonido viajaba directamente hasta ella.

—Bien, pequeña, tú decides. —Un búho nival, pintado de arriba abajo como Glaux sabe qué, habló, y Twilla observó. Seguramente era un líder de aquella banda, pues era sabido que los búhos nivales dirigían piratas—. O les das la información que necesitan —añadió el búho— o te dejamos aquí fuera para que te devoren los lobos. Bien atada en un paquetito. A veces a los lobos les apetece comerse un mochuelo.

«¡Van a entregar el mochuelo chico a los lobos!» Twilla parpadeó. La brutalidad de aquella acción le hizo abrir el pico de asombro.

—No sólo eso —prosiguió otro pirata—. Si te servimos, nos estarán muy agradecidos. Y para darnos las gracias nos mostrarán dónde se encuentran las bayas de junco doradas.

«Bayas de junco doradas. De manera que ahora quieren pintarse de oro, ¡y están dispuestos a sacrificar un pájaro para decorar sus plumas!» La situación resultaba cada vez más desconcertante. Pero Twilla había oído decir que los piratas conservaban tradiciones muy absurdas y creencias supersticiosas sobre el color de oro que podía obtenerse de las bayas de junco doradas. Los hermanos del refugio no se hacían tales ilusiones. Empleaban las bayas de junco doradas para sus libros iluminados, pero era difícil manejarlas. Sin duda aquellos piratas lo habían confundido todo. De hecho, no se sabía de ningún pájaro pirata que hubiese podido encontrar las bayas de junco y machacarlas.

Entonces Twilla oyó la voz pastosa de Gragg.

—Ya casi es por la mañana. Los lobos no saldrán hasta que caiga la noche. Tienes todo el día para pensártelo.

«¿Qué diablos va a sacar Gragg de esto? ¿Cuál es la información que esa horrible serpiente necesita de este mochuelo duende?» Twilla estaba completamente perpleja. Tenía que pensar en algún modo de salvar al pequeño pájaro, que nunca había levantado ni un dedo contra ellos. Pero entonces una voz chirriante interrumpió sus pensamientos. ¡Era Ifghar! ¡Ifghar hablaba! Apenas había pronunciado una o dos palabras seguidas en todo el tiempo que Twilla podía recordar. Y cuando había hablado lo había hecho de un modo casi siempre incoherente, pero ahora, sorprendentemente, se expresaba en un hooliano bastante bueno, no en krakish.

—Veamos, pequeña —empezó a decir Ifghar.

«¡Glaux bendito! —pensó Gylfie—. Me está hablando en hooliano. No puedo fingir que no entiendo este idioma.»

—Deseo reconciliarme con mi querido hermano Lyze, o Ezylryb, como tengo entendido que le llaman ahora. Ya es hora de olvidar el pasado. He oído hablar de cosas terribles que suceden en los Reinos del Sur. He oído decir que esas lechuzas que se hacen llamar los Puros amenazan el gran árbol. Y todos sabemos que el gran árbol con sus nobles lechuzas, los Guardianes de Ga'Hoole, han alcanzado el máximo nivel de civilización de todo el reino de las aves. Yo, con mis contactos en la Liga de las Garras de Hielo, con quienes todavía conservo una gran amistad y buena voluntad...

«¡Oh, maldita sea mi molleja! Menuda sarta de excrepaches —pensó Twilla—. Ese pájaro horrible fue expulsado por la Liga de las Garras de Hielo. Pero ¿lo sabe el mochuelo duende?»

Ifghar continuó.

—Piensa en lo estupendo que sería si yo pudiese llevar una división entera de la Liga de las Garras de Hielo a luchar por mi querido hermano. Pero, por supuesto, me sería muy útil saber qué es lo que pueden necesitar. ¿Con qué fuerzas cuentan los Guardianes? ¿Cuándo tienen previsto atacar contra esos Puros? No podré convencer a las Garras de Hielo de que se unan a nosotros si no saben a qué se unen. Lo entiendes, ¿verdad?

Gylfie trataba de pensar deprisa. Las Garras de Hielo habían sido el enemigo de la Liga Kieliana. «¿Serían bienvenidos por Ezylryb? A fin de cuentas, no se decidiría por utilizar garras de alquiler. ¿Por qué habría de unirse a esos pájaros que en otro tiempo fueron sus enemigos? Y su hermano había sido un traidor. ¿Por qué no podría volver a ocurrir?» Todas estas preguntas se agolparon en la cabeza de Gylfie, y al mismo tiempo su molleja estaba tan encogida que ni siquiera podía pensar con claridad. Decían que necesitaban conocer la disposición del terreno, más exactamente la situación de los desfiladeros que ahora estaban en poder de los Puros. Y querían obtener mucha información sobre los vientos. Esas aves de los Reinos del Norte jamás habían viajado hacia el sur. Estaban acostumbradas a los vientos katabáticos pero no a los violentos *hoolspyrrs*, los vientos tumultuosos y terriblemente engañosos del mar de Hoolemere. Pero entonces se le ocurrió por qué no debía suministrarles bajo ningún concepto ni una pizca de información: fuera lo que fuese lo que le sacaran, se lo transmitirían directamente a los Puros. Y esa información permitiría a los Puros atacar primero, antes de que Ga'Hoole pudiese poner en práctica su plan de invasión. Gylfie se preguntó si tendría el valor y la fuerza para resistirse. Había oído hablar de torturas. ¿Reuniría el valor suficiente para mantener el pico cerrado mientras sus entrañas eran devoradas por lobos?

Gylfie no era la única que trataba de pensar aprisa. Twilla intentaba desesperadamente dar con un plan para rescatar al pequeño mochuelo duende. Había siete pájaros que habían salido de la madriguera de roca. Dos de ellos parecían ser los guardianes de Gylfie. Luego estaban Ifghar —y Gragg— y cinco aves más, y sólo Glaux sabía si había más dentro de la guarida. Pero lo dudaba, pues aquélla era la hora a la que las lechuzas de la tundra solían cazar. Parpadeó de nuevo. Daba la impresión de que se preparaban para volar. Varios de ellos extendían las alas y se encaramaban a una percha de despegue situada sobre uno de los guijarros más altos para coger un viento favorable. Pero sí, los dos de los que había sospechado que eran los guardianes volvían a conducir a su pequeña prisionera al interior de la guarida. Twilla se agazapó detrás del arbusto. Era un momento peligroso. En cuanto esos pájaros estuvieran en el aire, podían verla. No dejaba de ser curioso pensar que una lechuza sin pintar podía destacar más en ese terreno que otra pintada. «¡Eso es! Tengo que pintarme. No sólo tengo que pintarme, sino también embadurnarme con los tintes de oro de las bayas de junco doradas. Y sé exactamente dónde encontrarlas.» En cierta ocasión Twilla había trabajado en la biblioteca a las órdenes del maestro dorador.

Una vez que los piratas se hubieron marchado y pasó el peligro, Twilla salió volando en la dirección opuesta. Aquello no le llevaría mucho tiempo. Sabía exactamente dónde crecían las bayas de junco doradas. Resultaba algo complicado, pues había docenas y docenas de clases de juncos en la tundra, pero sólo los que crecían en lo que los hermanos llamaban un triángulo de oro daban las bayas doradas. Por alguna razón, los lobos tenían un instinto natural para encontrar esas bayas. Pero la mayoría de aves de presa nocturnas carecía de él. Dar con las bayas requería poseer conocimientos de geología y botánica, por no mencionar el método correcto para extraer el jugo, que había que sacar prensado entre almohadillas de musgo de reno con sumo cuidado. ¡Pero Twilla lo haría! Sabía que Gylfie era un pájaro de molleja y mentalidad fuertes y que estaría dispuesta a morir antes que traicionar a las lechuzas del Gran Árbol Ga'Hoole. Twilla no vería ese valiente mochuelo duende expuesto a los lobos.

CAPÍTULO 16

Una alianza impía

Soren y los otros seis jóvenes pájaros comparecieron ante los miembros del parlamento del gran árbol para presentar sus informes. Las malas noticias sobre Gylfie se habían transmitido de inmediato. Reinaba un humor sombrío en el hueco del parlamento, pero se había animado algo después de que Otulissa los deslumbrara con sus indagaciones sobre fuego frío en la biblioteca del refugio de los Hermanos de Glaux. Pero pronto le tocó el turno a Soren. Y, desde luego, no tenía nada bueno que comunicar. Ninguna garantía de que los Picos de Hielo, las divisiones de las Centellas de Glaux o las serpientes kielianas fuesen a unirse a la invasión. Ahora las armas de hielo que habían traído, esparcidas por el suelo del hueco, parecían burlarse de toda su misión. Aquellas pocas armas, aunque pudieran adiestrar a las lechuzas para usarlas, servirían a lo sumo para dos docenas de Guardianes. Con todo, Soren empezó a hablar. Esperaba que no le temblara demasiado la voz. Su informe fue breve, y se sintió aliviado cuando terminó.

—Como ven —concluyó—, no hemos podido conseguir ninguna garantía de apoyo de los Reinos del Norte. Yo confiaba en que el parlamento se reuniera pronto. Pero no lo hicieron. Fue por este motivo que retrasé nuestro regreso todo lo que pude. —Y añadió con voz débil—: Fue este retraso lo que ocasionó la pérdida de Gylfie. No la habrían secuestrado si no nos hubiésemos demorado. Asumo la plena responsabilidad de ello.

La voz de Soren se quebró al pronunciar estas últimas palabras.

Ezylryb se había limitado a mirarle, y Boron y Barran le habían formulado muy pocas preguntas. ¿Qué había que preguntar? Soren no se había sentido tan desdichado en toda su vida. Si alguien le hubiese dicho que unos minutos después de abandonar el parlamento se sentiría peor, le habría respondido que estaba loco.

Pero se sintió peor. Sus garras aferraron la percha en el hueco que compartía con Twilight y Digger. Miraba el nido vacío de Gylfie en la parte de abajo; tan diminuto, no más grande que una de aquellas tazas de té que Mags la comerciante siempre trataba de venderles, y muy cuidado, como a Gylfie le gustaba tenerlo. Sí, insistía en disponer el musgo ordenadamente en capas.

El nido de Soren era un perfecto desorden en el mejor de los casos, con musgo, ramitas y hojas amontonados de cualquier manera.

Y, por si no bastaba con el secuestro de Gylfie, como si Soren no tuviera suficiente con haber perdido a su mejor amiga en el ancho mundo, por si no era ya bastante malo no haber podido traer garantías de que los Reinos del Norte los apoyarían en su próxima invasión, había algo todavía peor que todo eso. Soren temblaba cada vez que recordaba la escena cuando habían regresado y entrado por primera vez en el hueco del comedor para cenar. Allí estaban los responsables de la captura de Gylfie y Soren cuando eran unos polluelos: Skench y Spoorn, en la mesa de los miembros del parlamento. Ver a aquellos dos viejos pájaros horrendos, Skench, Ablah General de San Aegolius, y Spoorn, su lugarteniente, compartir una mesa de serpiente nodriza con Boron, Barran, Ezylryb, Bubo y Elvanryb bastaba para hacer que una lechuza regurgitara en su sopa de bayas de oreja de ratón. Hasta la serpiente en torno a la cual estaban reunidos parecía temblar. Era una serpiente nodriza más vieja llamada Simone que se distinguía por su discreción; así se podía confiar en que no contaría nunca nada de lo que oía cuando el parlamento cenaba a su mesa. No solían cenar juntos, excepto cuando venían visitantes distinguidos. «¿Visitantes distinguidos, esos matones de los desfiladeros?» Era inconcebible. Soren se había apresurado a dejar el hueco del comedor para regresar a su percha, donde consideró cómo todo su mundo se estaba desintegrando.

Oyó un movimiento fuera del hueco. Luego se escuchó la voz de la Señora Plithiver:

—Soren, querido, ¿puedo entrar?

—Claro. ¿Por qué no? —repuso Soren.

La Señora P. se deslizó al interior del hueco, se enroscó justo debajo de la percha de Soren y después cambió de opinión.

—¿Puedo encaramarme a tu percha, querido?

—Claro.

La Señora Plithiver no dijo nada durante un par de minutos después de enroscarse alrededor de la percha y de acariciar con su cabeza los dedos de Soren.

—Sé cómo debes de sentirte —dijo.

—No, no lo sabe. Y no quiero hablar de ello, Señora P.

Todas las serpientes nodrizas ciegas se distinguían por unos sentidos muy desarrollados. Pero la sensibilidad de la Señora Plithiver superaba incluso la de su propia especie. Era como un diapasón reptil capaz de captar toda vibración de sentimiento o emoción que tenía cualquier otro animal, sobre todo Soren, ya que lo conocía desde su nacimiento. De modo que ahora la Señora P. dejó que el silencio cayera a su alrededor, sin replicar a los comentarios un tanto groseros de Soren. «Uno, dos, tres, cuatro», contó en silencio para sí. Sabía que Soren tardaría cuatro latidos en estallar, y así fue.

—¡Usted no lo entiende nunca!

Soren estaba furioso, y deseaba hablar de ello.

—Nunca puedo entenderlo como tú lo entiendes —replicó ella—. Pero esto es lo que sé. Esta noche has entrado en el hueco del comedor y has visto las mismas lechuzas que fueron responsables de tu captura, de tu encarcelamiento, de todos los malos tratos y los horrores que siguieron hasta que huiste. Entiendo que estés escandalizado más allá de la razón. Que esto es una afrenta sin par.

—Y, Señora P., ¡ver a Ezylryb allí con ellos!

—Te habrás fijado en que los miraba con odio y en un silencio glacial durante toda la comida... Ah, me olvidaba. Tú te has marchado pronto. Pero él también.

—¿Y qué? Aun así estaba allí, ¿no? No me lo explico.

—Bueno, los tiempos difíciles propician extraños compañeros de hueco.

—Ésta es la subestimación del año, quizá del siglo —murmuró Soren—. Mire, Señora Plithiver —añadió Soren, bajando la cabeza hacia la serpiente ciega—, ésta es una alianza impía como no ha habido otra igual.

—Ya lo sé, querido, pero ¿qué otra cosa podemos hacer?

Soren sabía que la Señora P. tenía razón. Había oído sólo unas horas antes que los Puros habían reunido nuevas fuerzas. Habían entrado en el territorio conocido como Más Allá, donde había garras de alquiler que se unirían por un par reluciente de garras de combate, una bolsa de pedernales o *knap* para sus toscas lanzas. Incluso se alistarían a cambio de comida regular, ya que la caza podía escasear en el Territorio de Más Allá.

—Se lo repito, Señora P., es una alianza impía.

—Tienes razón. —Otulissa acababa de entrar repentinamente en el hueco, seguida por Digger y Twilight—. Y ¿sabes una cosa?

—No creo que quiera saberla —dijo Soren en voz baja.

—Bueno, te enterarás tarde o temprano —repuso Otulissa en un tono casi alegre que irritó mucho a Soren.

—Quizá..., quizá... —siseó la Señora P. casi con desesperación— debería decírnoslo Digger.

—¿Digger? —dijo Otulissa, sin ocultar la sorpresa en su voz—. Digger no forma parte de los Arietes de Strix Struma.

—Bueno, pero vuela con el escuadrón de fuego, es decir, cuando andan escasos —repuso la Señora P. con cierta irritación en la voz.

—¿La brigada reverberante tiene que ver con esto? —preguntó Twilight.

—¿Con qué tiene que ver?

Soren empezaba a tener una sensación de pánico en la molleja.

El escuadrón de fuego, a menudo llamado la brigada reverberante, estaba formado básicamente por los miembros de la brigada de brigadas que se habían distinguido en el peligroso rescate de Ezylryb cuando había caído en un triángulo del diablo de pepitas tendido por los Puros.

Digger se aupó a la percha contigua a la de Soren y entonces, al percatarse de que era la de Gylfie, se apresuró a disculparse.

—Oh, vaya, qué desconsiderado soy, Soren.

Y levantó las alas como para ir a posarse en otro sitio.

—No pasa nada. No te preocupes por eso. ¿Qué ibas a decirme, Digger?

—Soren, parece ser que nos han encargado que enseñemos a Skench, Spoorn y las demás lechuzas de San Aegolius que están con ellos a luchar con fuego.

Soren abrió el pico presa de asombro y estuvo a punto de caerse de la percha.

—Debes de estar bromeando. ¿Se ha vuelto loco todo el parlamento? Ya era bastante malo que esas lechuzas de San Aegolius tuvieran la mayor reserva de pepitas... aun cuando eran tan estúpidas que no conocían todo su poder. Pero el fuego es distinto. No hay nada sutil en el fuego. Vamos a ponerlo en las garras de unos pájaros que no sólo son idiotas sino también perversos. ¡Son unos maníacos!

La reacción de Soren fue tan vehemente que sus

compañeros se miraron unos a otros. Nadie sabía qué responder.

—Me niego a hacerlo. Me niego rotundamente a hacerlo. Antes que enseñar a esos monstruos, regresaré a los Reinos del Norte, me uniré a los Hermanos de Glaux y buscaré a Gylfie. Sí, eso haré. Me convertiré en hermano, meditaré, crearé hermosos manuscritos y..., y... otras cosas. Quizás incluso estudiaré medicina como ese cárabo barrado de la que estabas enamorada, Otulissa.

—Yo no estaba enamorada de él. Y con un Cleve en este mundo ya hay bastante.

—Bueno, nada en el hagsmire, en el glaumora ni en los verdes bosques de Glaux va a hacer que enseñe a Skench o Spoorn a luchar con fuego. Me rompería la molleja. ¡Y es mi última palabra!

CAPÍTULO 17

Un resplandor letal

Gylfie había regresado a la cueva aturdida. Demasiado aturdida para poder pensar. Lobos, dientes, depredadores terrestres..., todo aquello que un polluelo sin saber volar temería si se hubiese caído de un nido. Ahora no podía volar y afrontaba la posibilidad de ser devorada por lobos. ¿Y qué podía ofrecer a un lobo un pájaro de proporciones diminutas como Gylfie? Ni siquiera constituía un bocado. Aunque trataba de no pensar demasiado en el tamaño de la boca, las fauces o los dientes de un lobo.

Interrumpió sus frenéticos pensamientos la cháchara casi histérica de sus dos guardianes. «¿De qué diablos están hablando?», se preguntó.

—¡Mira! ¡Mira! —exclamó un guardián.

—Viene hacia aquí. ¡Por mis garras, no es posible! —dijo el otro.

Los dos pájaros hablaban con un tono de respeto y temor. Casi les faltaba el aliento. Gylfie seguía atada, pero podía recorrer parte de un pasillo hasta la abertura de la madriguera. Echó un vistazo. El día era claro. El cielo estaba despejado. No se veía ni una nube. Pero ¿qué era ese resplandor cegador que volaba hacia la guarida de los piratas?

—Es una..., es una... —balbuceaba uno de los guardianes.

—Es una lechuza dorada.

—Es más que eso, Vlink. ¡Es Glaux!

—¡Oh, Phlinx, hemos sido elegidos! Lo sé. Somos los elegidos. El Glaux dorado ha venido a visitarnos. Ya sabes que dicen que sólo viene una vez en un siglo.

—¿Qué es un siglo?

—No lo sé, pero cuando venga nos llevará a la charca de las bayas de junco doradas. Seremos sus ungidos.

—¿Qué es un ungido?

—No lo sé. Creo que significa bendecido, Phlinx. Sí, bendecido, eso es lo que mamá me dijo.

—Pero nosotros somos piratas. Y los piratas nunca son bendecidos, ¿verdad? ¿De qué sirve ser pirata si eres tan bueno que te bendicen?

Gylfie no sabía qué era más asombroso: la conversación entre Vlink y Phlinx, que pese a su extraño dialecto krakish llegaba a entender, o la criatura de plumas doradas que volaba lentamente hacia ellos como una gran esfera reluciente con alas.

Cuando el pájaro inició una inclinación lateral hacia tierra, Gylfie vio que las dos lechuzas se postraban con los picos tocando la tundra en una postura de reverencia muy impropia de un ave de presa nocturna. «Las lechuzas no se postran. Las lechuzas no se arrodillan —pensó Gylfie—. ¿Qué diablos ocurre aquí? —Entonces comprendió—. ¡Creen realmente que ese pájaro es Glaux!» Estuvo a punto de reírse en voz alta. Entonces parpadeó y miró con mayor detenimiento. Desde luego que la lechuza dorada no era Glaux, sino que tenía un aspecto un tanto familiar. Entonces Gylfie la reconoció al instante. Debajo de todo aquel oro estaba la cuidadora de Ifghar, ¡Twilla! ¿Qué diablos estaba pasando? ¿Había venido la lechuza campestre en busca de Ifghar? ¿Y por qué había hecho aquello a sus plumas?

Twilla miró a los dos guardianes y parpadeó. No se esperaba aquello. El mochuelo duende, todavía atado, había salido de la madriguera, y Twilla le oyó murmurar unas palabras en hooliano.

—Creen que eres G-L-A-U-X.

Gylfie deletreó la última palabra.

Twilla parpadeó y estuvo a punto de exclamar: «¿Qué?», pero se contuvo. «Debe de ser una de sus curiosas creencias relacionadas con esa tontería del oro. Bueno, si me toman por una especie de dios, más vale que empiece a comportarme como tal. Vamos a ver, ¿qué diría un dios?»

Entonces la pequeña mochuelo duende volvió a hablar en hooliano.

—Creen que has venido a ungirlos, pero no conocen el significado de la palabra «ungir».

Esta vez Twilla tuvo que reprimir una risita. «Los dioses no se ríen. Espabílate, estúpida», se reprendió. Y tuvo una inspiración repentina.

—Bienvenidos, hijos míos —dijo, esta vez en krakish.

Los dos guardianes miraron de soslayo. El llamado Vlink se atrevió a hablar con una voz tímida preñada de temor reverencial.

—¿Por qué has venido, dorado?

—Para ungiros. Vosotros sois mis elegidos —respondió Twilla.

—¿Elegidos? —dijo Phlinx—. ¿Elegidos para qué?

—Elegidos para dirigir a los piratas. Yo os diré dónde crecen las bayas de junco doradas, y vosotros iréis allí, hundiréis los picos en las bayas donde fluyen los jugos y regresaréis con la mancha de Glaux y os reconocerán como los verdaderos líderes.

«Brillante», pensó Gylfie. ¿Acaso no había oído a esos pájaros quejarse amargamente sólo unas horas antes de que siempre les encargaban el trabajo sucio, como vigilar un prisionero sin poder participar en los asaltos?

Twilla les describía con cierto detalle dónde crecían aquellas bayas de junco doradas.

—Seguid el lecho seco del arroyo hasta que gire al este y la roca se separe de la tundra...

—¿Quién custodiará la prisionera?

—Yo, naturalmente —contestó Twilla.

Ambos pájaros farfullaron unas palabras de agradecimiento. Pero Twilla los interrumpió.

—Ahora salid volando. ¡Tenéis que estar de vuelta antes de que regresen vuestros súbditos!

—¿Súbditos? ¿Qué son súbditos?

—Oh, no importa —murmuró Twilla en un tono de exasperación impropio de un dios.

Cuando los dos guardianes alzaron el vuelo, Twilla se dirigió a Gylfie.

—Creía que nunca nos desharíamos de ellos.

—¿Vas a sacarme de aquí?

—Por supuesto.

—Pero ¿no estás..., no estás..., ya sabes, con Ifghar?

—¡No! Mira, no tenemos tiempo de hablar. Tengo que liberarte. ¿Sabes dónde entierran las dagas de hielo por aquí cerca?

—No.

—Echaré un vistazo. Mientras tanto, empieza a mover la pata dentro de la soga para aflojarla.

Twilla no tardó en regresar con una daga de hielo. Pero resultaba demasiado gruesa para introducirla en la soga que ataba la delgada patita de un mochuelo duende. Una maniobra en falso y cortaría a Gylfie la pata entera. De modo que se marchó y volvió con una astilla de hielo, con la que podía trabajar con mucha mayor precisión. Y, mientras lo hacía, explicó en hooliano entremezclado con algunas palabras en krakish el plan de huida.

—No te preocupes por los vientos katabáticos.

—Pero son muy potentes, y yo soy muy pequeña.

—Calla y escucha. Vamos a volar en una capa de aire por encima de ellos.

—¿Cómo?

—Seguiremos los conductos de vapor.

—¿Conductos de vapor?

Gylfie no había oído nunca hablar de esas cosas... o tal vez sí.

—Sí, nosotros los llamamos agujeros *smee.* Están dispersos por los Reinos del Norte. Si tomamos la ruta terrestre y no sobrevolamos el mar, hay muchos más. Es más larga, pero evitaremos los vientos katabáticos, y te llevará hasta los Estrechos de Hielo. ¿Sabes?, los conductos de vapor provocan fuertes corrientes ascendentes que pueden impulsarte por encima de las crestas de los vientos katabáticos.

Ahora Gylfie lo comprendía todo. Recordaba a Otulissa parloteando sin cesar de los agujeros *smee* sobre los que había leído en un libro de Strix Emerilla. ¡Glaux bendito! Ojalá la hubiera escuchado con mayor atención.

—Ajá, ya está —dijo Twilla.

Gylfie parpadeó y liberó su pata de los jirones de la soga que la había mantenido atada. Pero su nueva alegría al sentirse libre fue efímera. De repente, en uno de los espejos apoyados contra las rocas vio rayas de colores. Levantó la vista y vio el cielo manchado de colores chillones como si se hubiese desbocado un arco iris.

—¡Vuelven! —gritó.

—¿Quiénes..., los guardianes?

—¡No! Todos ellos..., ¡los piratas! Y hay muchos más que antes.

Gylfie parpadeó delante del espejo que los reflejaba. Era típico de aquellos pájaros vanidosos. Habían sacado un espejo para poder admirarse mientras venían volando desde el oeste. Pero ahora el sol empezaba a bajar sobre el horizonte. «¿Y si...?», pensó Gylfie, y su idea fue tan deslumbrante como el propio sol poniente.

—Deprisa, Twilla, inclina este espejo de modo que refleje el sol. Y el que está al lado también.

Twilla parpadeó cuando comprendió lo que Gylfie estaba pensando. «¡Qué pajarito tan listo!»

—¡Dagmar! ¡Mira por dónde vuelas, pájaro idiota!

—¿Qué ocurre? —chilló otra lechuza pirata—. ¡No veo! ¡No veo!

El caos reinó en el cielo cuando unos haces de luz deslumbrante hendieron el aire nítido sobre la tundra.

Cegadas por la luz reflejada del sol, las lechuzas chocaban unas contra otras. Los rayos de luz que rebotaban sin cesar llegaban en fogonazos intensos, lo cual anulaba la orientación de las aves. Sus párpados invisibles no las protegían de los fragmentos de luz que estallaban frente a ellas. ¿Volaban hacia el este o hacia el oeste? ¿Hacia arriba o hacia abajo? El aire, el propio cielo, parecieron quebrarse repentinamente. El mundo de la tundra de los piratas se resquebrajaba por efecto de la luz, una luz tan afilada y mortífera como una espada de hielo. Ahora los piratas caían del cielo, y mientras lo hacían otros dos pájaros alzaban el vuelo y se dirigían hacia el este por el sudeste para alcanzar las corrientes cálidas del primer agujero *smee.*

Y, de repente, Gylfie recordó las otras citas del libro de Violet Strangetalon que tan directamente hablaban de la vanidad de ciertos pájaros. Violet tenía una mentalidad filosófica y solía contemplar las almas o los espíritus de las aves tontas. Gylfie evocó aquellas palabras mientras oía los golpes sordos de los piratas al caer sobre la tundra. «Vanidad, ladrona del vuelo, origen de todo lo que se desmadeja, prisión del espíritu.»

«Cuánta verdad —pensó Gylfie—. ¡Cuánta verdad hay en eso!»

CAPÍTULO 18

Cuestiones de molleja

Que es un qué? —preguntó Twilight.

—Un resistor de molleja —contestó Digger en voz baja.

—Explícate —dijo Twilight.

—Sí, hazlo, por favor —añadió Otulissa con una voz preñada de desdén.

Digger apretó el pico, cerró los ojos e intentó contar hasta tres..., «bueno, mejor hasta cinco», pensó mientras trataba de contener su ira por el tono de Otulissa. Finalmente habló.

—Soren es lo que Ezylryb denomina un resistor de molleja. Significa que si algo altera de verdad tu conciencia, tu sentido de lo que está bien y está mal en lo que se refiere a las artes militares, si ejerce una presión excesiva sobre tu molleja, entonces eres un resistor de molleja y puedes optar por actuar de otro modo.

—¡No he oído semejante sarta de excrepaches en toda mi vida! —espetó Otulissa.

Digger y Twilight parpadearon. El hecho de que Otulissa pronunciara una palabrota como «excrepaches» era inaudito. Otulissa podía mostrarse feroz, y sin duda se había vuelto más feroz desde la muerte de su querida líder, Strix Struma, pero aun así seguía siendo correcta y formal como siempre.

—Es casi traicionero.

Digger perdió los estribos. Presa de furia, levantó el vuelo en los limitados confines del hueco y se dispuso a abalanzarse sobre el cárabo barrado, pero Twilight intervino.

—¡Eh! ¡Eh! Parad los dos. Tranquilízate, Digger. Y, Otulissa, retíralo.

—¿Retirar qué?

—Lo que has dicho sobre Soren —repuso Twilight—. No es cierto. Ni una pizca. ¡Deberías avergonzarte! —Sacudió un dedo delante de ella. El cárabo lapón se había hinchado hasta el doble de su tamaño. Ocupaba tanto espacio en el hueco que apenas se podía respirar—. Retíralo ahora mismo o te mandaré derechita al hagsmire.

—Está bien —dijo Otulissa con aspereza—. Lo retiro. Soren no es traicionero, pero sin duda resulta extraño que no quiera enseñar a Skench, Spoorn y los demás pájaros de San Aegolius a luchar con fuego.

—Extraño está bien —admitió Twilight—. Podemos aceptar extraño. Bueno, Digger —añadió, volviéndose hacia el mochuelo excavador—. ¿Tienes algo que decir sobre esta situación *extraña*? ¿Tienes idea de qué otra acción puede estar planteándose Soren?

Tanto Digger como Otulissa miraron a Twilight parpadeando. Aquello era impropio de él. Parecía disfrutar de su nuevo papel de diplomático. «Ahora nos va a pedir que compartamos nuestros sentimientos», pensó Digger. «Compartir» era una palabra muy utilizada por los instructores cuando enseñaban a los pájaros jóvenes.

—No. No tengo ni idea. —Digger sacudió la cabeza—. Ahora mismo está con Ezylryb, Boron y Barran. Creo que también Bubo está allí.

—¿En el hueco del parlamento? —preguntó Otulissa con un fulgor en los ojos.

—Sí, supongo —respondió Digger.

—Bueno, entonces, ¿a qué esperamos? —dijo Otulissa con excitación—. A las raíces.

—Estupenda idea —observó Twilight.

Pero Digger no estaba tan seguro de que fuese una idea estupenda.

Tampoco Soren estaba seguro de que debiera reunirse con Bubo, Boron, Barran y Ezylryb en el hueco del parlamento. Los pájaros más viejos del parlamento estaban posados sobre la rama blanca de un abedul que se había doblado para formar una semicircunferencia. Normalmente había doce miembros del parlamento. Pero al ver que ahora sólo había cuatro, Soren dedujo que lo que se disponían a decirle era alto secreto.

¿Cuántas veces él, la banda y Otulissa habían escuchado a escondidas al parlamento? ¿Cuántas veces habían bajado al curioso espacio debajo de aquel hueco donde, en las profundidades de las raíces, el árbol transmitía los sonidos de cualquier conversación que discurriera arriba? Pero Soren no se atrevía a sugerir al parlamento que mantuvieran aquella conversación de alto secreto en cualquier otro sitio porque podía ser oída en la cámara inferior. Aquello lo desenmascararía como espía. Twilight, Digger y los demás ya estaban lo bastante enojados con él por ser un resistor de molleja. Tenía que pensar en algo, y deprisa. Sabía parte de lo que su servicio alternativo podía exigir. Guardaba cierta relación con el uso combativo pasivo del fuego. No sabía muy bien qué significaba aquello salvo que no tendría que enseñar a matones como Skench y Spoorn a luchar con él. Soren pensó: «Si esto tiene que ver con el fuego, ¿por qué no nos reunimos en la fragua de Bubo, donde el búho común herrero podría hacer una demostración? A Bubo le encanta hacer demostraciones con carbón y ascuas.»

—Esto... —Soren se encaramó a la percha de alocución desde la que los pájaros se dirigían a los miembros del parlamento—. Se me ha transmitido tan sólo la información preliminar sobre este servicio que voy a cumplir: un servicio de fuego combativo pasivo, según tengo entendido. —Los cuatro pájaros mayores asintieron—. Y me preguntaba si acaso no deberíamos mantener esta conversación en la fragua de Bubo. Creo que lo entendería mejor si Bubo me lo demuestra.

—¡Buena idea! —retumbó Bubo.

—Pero ¿y la seguridad? —preguntó Barran.

—Podemos retirarnos al final de la cueva —propuso Bubo—, y para su tranquilidad, puedo apostar un par de serpientes nodrizas para que vigilen la entrada.

—Entonces de acuerdo —aprobó Boron—. ¿Pasamos a la fragua de Bubo?

Digger, Twilight y Otulissa aplicaban sus oídos a las raíces, pero en el hueco del parlamento de arriba imperaba un silencio absoluto. Se miraron unos a otros parpadeando. «¿Qué ocurre?» Otulissa articuló la pregunta en silencio. Twilight y Digger se encogieron de hombros. Al cabo de cinco minutos escuchando en vano, los tres pájaros se rindieron y regresaron a sus respectivos huecos.

Entretanto, Soren, junto con las cuatro aves más viejas, se apiñaban al fondo de la cueva de la fragua de Bubo. Habían llamado a la Señora Plithiver para que custodiara la entrada. Era la más digna de confianza de todas las serpientes nodrizas y, a diferencia de las demás, se sabía que nunca cotilleaba.

Bubo acercó una pequeña ascua de color azul verdoso a Soren. En el centro del ascua había una pálida llamita anaranjada. Soren no había visto nunca un ascua de ese color.

—No es reverberante —dijo, mirando el curioso resplandor del ascua.

—Cierto —respondió Bubo—. De hecho, es todo lo contrario.

—¿De qué se trata? —preguntó Soren.

—Es un carbón frío.

—¿Es esto lo que Otulissa andaba buscando?

—Sí. Otulissa trajo la fórmula del fuego frío y las llamas de hielo. Y de éstas he hecho carbones fríos.

—¿Puede ayudarnos realmente en esta guerra? —preguntó Soren.

Nunca había estado muy seguro de que pudiera hacerlo. Las explicaciones de Otulissa eran muy complicadas.

—Puede, en efecto —dijo Ezylryb—. Puede destruir pepitas y hacer que los triángulos del diablo sean ineficaces.

—¿Triángulos del diablo? —repitió Soren con voz queda.

Había sido un triángulo del diablo hecho con sacos de pepitas estratégicamente colocadas lo que había anulado los instintos de navegación de Ezylryb. Había tardado semanas en recuperarse después de que la brigada de brigadas lo hubiera rescatado.

—Sí, Soren, triángulos del diablo. Los Puros que controlan San Aegolius disponen ahora de los medios para construir triángulos más que suficientes para defenderse contra cualquier invasor. Así pues... —continuó Ezylryb.

«De modo —pensó Soren mientras volaba de regreso a su hueco— que en eso consiste mi misión combativa pasiva. No enseñaré a Skench y Spoorn a luchar, sino que anularé la capacidad del enemigo para defenderse.» No sería una misión exclusiva de Soren. Durante el tiempo en que Otulissa, Digger y los demás enseñaran al resto de lechuzas de San Aegolius que habían escapado con Skench y Spoorn a luchar con fuego, Bubo y Soren volarían hasta el borde de los cañones e introducirían los carboncillos azul verdosos en cada emplazamiento de pepitas que pudieran encontrar y así anularían los poderes magnéticos de los triángulos del diablo. Era un ascua prodigiosa la que Bubo había creado en los fuegos de su fragua: sin humo, apenas reluciente, con una forma misteriosamente penetrante de corazón, lo bastante potente para destruir pepitas a corta distancia pero no lo bastante caliente para inflamar troncos u hojas próximos.

Soren casi deseaba que esa noche terminara y no

tuviese que afrontar a Digger, Twilight y Otulissa. No iba a pronunciar ni una palabra sobre su servicio alternativo. Empezaría al día siguiente y llevaría varias jornadas, al igual que la instrucción de Skench, Spoorn y sus soldados. Soren no quería que sus amigos hicieran preguntas o lo mirasen con extrañeza, como habían hecho desde que les había dicho que era un resistor de molleja. De cualquier modo, las cuestiones de molleja eran un asunto privado. Había cosas de las que uno no podía hablar, ni siquiera con su mejor amigo.

Soren suspiró hondo y su molleja se contrajo dolorosamente. «¡Gylfie!» ¿Volvería a verla algún día? Soren entró en el hueco en silencio. Twilight y Digger aún dormían. Después de colocar algunas matas de musgo de oreja de conejo en la parte superior del montón, se instaló en su desordenado nido y, pese a sus preocupaciones, no tardó en quedarse dormido.

El musgo de oreja de conejo alrededor del cuerpo de Soren le proporcionaba una suavidad deliciosa. «Debería ser más exigente con mi nido y conseguir más musgo de éste.» Pero entonces la blandura del musgo empezó a transformarse en otra cosa. «Qué curioso», pensó, pues aún podía notar la suavidad pero era como si se convirtiera en niebla. Un enorme banco de niebla comenzó a flotar a su alrededor. «¿Estoy volando o durmiendo?» Experimentó una incómoda punzada en la molleja. Aquélla parecía la niebla en la que Gylfie había desaparecido. «Quizá pueda encontrarla. Debo encontrarla. ¡Debo hacerlo!» Soren continuó volando a través de la niebla musgosa, buscando la manchita de un mochuelo duende. Parpadeó. A lo lejos distinguió algo que relucía débilmente. Era como una luz dorada tenue y palpitante, y se sintió atraído hacia ella. Pero cada vez que creía encontrarse cerca, se atenuaba y se alejaba más en la espesa niebla. Y a veces le parecía oír los suaves compases de una canción. La canción lo envolvía como una neblina vaporosa, pero luego se desvanecía. Era un mundo muy extraño aquel en el que volaba. Tenía la impresión de que sus sentidos se hubiesen alterado. Había cosas que normalmente se oían —como una canción— que casi podía tocar, y había cosas que normalmente se palpaban —como la blandura del musgo— que en lugar de eso veía, como si fuese un banco de niebla. «¿Niebla o musgo? ¿Qué ocurre aquí?»

De repente oyó un fuerte trueno. Un relámpago hendió el cielo. Espuma del mar, ramas y animalitos pasaban disparados por su lado, arrancados de la tierra por la virulencia de la tormenta. Estalló otro trueno espeluznante y luego, al resplandor de un fogonazo blanco que fracturó la noche, vio la silueta oscura de un mochuelo duende agitando las alas con frenesí.

—¡Gylfie! —gritó—. ¡Gylfie!

Alguien lo zarandeaba.

—¡Despierta, Soren! ¡Despierta!

—¡Digger! ¿Qué hora es?

—Tarde. Has dormido hasta casi la hora media. A Cook todavía le queda un poco de ratón de campo asado, y creo que hay algunos trozos de tarta de oreja de ratón. Además, Bubo te está esperando, y dice que te des prisa.

—Ah, sí, Bubo —contestó Soren adormilado, y entonces recordó que ésa era la noche en la que iban a emprender su misión secreta: dejar caer carbones fríos sobre los emplazamientos de pepitas.

—¿Soren? —dijo Digger con vacilación.

Soren esperaba que Digger no le preguntase nada acerca de la misión de aquella noche.

—¿De qué se trata?

—Soren, ¿estabas soñando con Gylfie?

—¿Soñando? No lo creo.

Y verdaderamente no creía haber estado soñando con ella. Pero aquello solía sucederle a Soren. No se acordaba de un sueño... hasta que se hacía realidad.

CAPÍTULO 19

En territorio enemigo

Piénsalo, Kludd, este huevo querido se abrirá durante el eclipse. —Nyra miró el huevo que ocupaba el nido de plumón que había hecho en su hueco de roca en los desfiladeros de San Aegolius—. Aunque todavía lloro la pérdida del huevo que tu horrible hermana, Eglantine, destruyó, ahora tendremos un polluelo que nacerá cuando se eclipse la luna. ¿Y sabes qué significa eso?

—Sí, sí.

Kludd trató de no mostrarse impaciente. Había oído esa historia tantas veces que empezaba a aburrirle. Pero era una buena señal, una señal importante. La propia Nyra había nacido la noche de un eclipse lunar. Decían que cuando una lechuza nacía una noche de eclipse, caía un encantamiento sobre ese pájaro, un hechizo potente que lo convertía en un ave poderosa.

Algunos decían que el hechizo podía ser bueno y llevar a la grandeza de espíritu, pero también podía ser malo y desembocar en una maldad abyecta. Sin embargo, Nyra no tenía tiempo para pensar en el bien y el mal. Sólo creía en el poder. Si una lechuza era lo bastante poderosa, no importaba si era lo que los demás llamaban «buena» o «mala». Estas palabras no tenían sentido para ella.

Kludd tenía más cosas en que pensar que el nacimiento de su primer hijo. Era posible que ese polluelo no fuese lo único que llegara la noche del eclipse lunar. Esa noche bien podía ser aquella en la que comenzara la invasión. Tenía mucho sentido que los Guardianes de Ga'Hoole iniciaran su invasión una noche en la que la luna estuviera oculta por la sombra del sol desplazándose lentamente a través de ella. Sería la tapadera perfecta para ellos. Era por eso que Kludd había insistido en encontrar un hueco que no estuviera dentro de la fortaleza de roca de San Aegolius, sino en su periferia.

Pero ¿cuándo vendrían esas malditas lechuzas? ¿Cuándo pondrían en marcha su invasión? Kludd había fortificado el borde de roca que rodeaba San Aegolius lo mejor que había podido con emplazamientos de pepitas. Había apostado guardias en el punto más alto de cada promontorio. Cualquier pájaro intruso sería avistado de inmediato. Había ascendido sus dos tenientes de mayor rango, Uglamore y Stryker, a los puestos de comandantes de división y habían situado guarniciones en los dos accesos principales a San Aegolius: la roca de los Grandes Cuernos, donde dos picos se elevaban en el cielo como los penachos de un gigantesco búho común, y luego en el punto de entrada llamado el Pico de Glaux. Noche y día había patrullas sobrevolando ambas zonas. Ningún cuervo se atrevía a acercarse durante el día con esas lechuzas de garras feroces dominando los aires. Un mercenario procedente del Territorio de Más Allá había resultado ser un excelente herrero. ¡Y forjaría garras de fuego! Las garras de fuego eran unas garras de combate especiales con carboncillos insertados en las puntas. Esas garras constituían las armas más peligrosas, porque permitían a una lechuza luchar a corta distancia al mismo tiempo que desgarraba y quemaba a un adversario. Se consideraban «armas sucias». Muchos herreros se negaban a confeccionarlas porque no sólo hacían daño al enemigo, sino que con el tiempo deformaban los dedos del pájaro que las usaba.

Los Puros habían estado practicando la lucha con ramas inflamadas además de utilizar las garras de fuego. Kludd estaba listo. Estaba preparado para la guerra. Dispuesto para recibir a los Guardianes de Ga'Hoole, y sobre todo dispuesto para recibir a Soren, su hermano. Cerró su pico de metal, parpadeó detrás de la máscara metálica y se imaginó sus garras hundiéndose en la carne de su hermano. Podía ver la sangre salpicando la noche. Podía oír el aliento escapándose de la tráquea de su hermano, la respiración irregular y agónica de una lechuza moribunda, de Soren.

En un baluarte elevado del Pico de Glaux, Uglamore enroscó sus dedos sobre un borde estrecho de roca y escudriñó el cielo. «¿Cuándo vendrán? ¿Cuándo?» La lógica dictaba que la invasión tendría lugar una noche sin luna, o una noche nublada. Las nubes eran infrecuentes allí, al igual que los árboles. Lo habían resuelto trayendo astillas para luchar con fuego desde Ambala y el Bosque de las Sombras, pero era imposible controlar la luna o dominar las nubes. Una brisa le erizó las plumas y un escalofrío le recorrió la molleja. Aquellos pájaros, los Guardianes de Ga'Hoole, eran imprevisibles. No se sometían a la lógica. De hecho, no se sometían a nada. Y esto resultaba eternamente desconcertante para Uglamore. Las aves del Gran Árbol Ga'Hoole eran completamente libres, libres de hacer lo que quisieran. No conocían la disciplina, por lo menos no la disciplina de los Puros, o la de San Aegolius. Parecían volar en grupos sueltos, en comparación con las formaciones estrictamente ejercitadas de los Puros.

Y, sin embargo, los Guardianes habían ganado la última batalla en Los Picos pese a ser muy inferiores en número. ¡Qué estratagema habían utilizado para hacer creer a los Puros que disponían de divisiones enteras, divisiones de los Reinos del Norte, cuando en realidad no tenían ninguna! ¿Cómo se le había ocurrido semejante idea a un hatajo de pájaros indisciplinados? Los Puros habían estado muy cerca de derrotarlos, y sin embargo habían sido ellos quienes se habían visto obligados a batirse en una retirada vergonzosa. La victoria de los Guardianes no tenía nada que ver con la habilidad o la disciplina, pero sí con el ingenio. La habían conseguido sólo con ingenio.

Uglamore no se había parado a pensar en esto desde entonces. Todas las estrategias de combate de los Puros eran planeadas por el Tyto Supremo o su pareja, Su Pureza Nyra. Existía una cadena de mando central encabezada por ellos que pasaba por las lechuzas comunes con el rango de tenientes. Por debajo de los tenientes estaban las lechuzas de campanario y las enmascaradas, y finalmente, en los últimos peldaños de la escala de pureza, se hallaban las lechuzas de campanario tenebrosas. Todas eran especies de lechuzas, y todas tenían el nombre Tyto en sus denominaciones oficiales. Pero algunos Tytos eran considerados más puros que otros. Y esto también daba que pensar a Uglamore. Los Guardianes de Ga'Hoole no eran más que una enorme mezcolanza de aves rapaces nocturnas. Decían que incluso había entre ellos un búho pescador castaño que estaba al mando de una unidad del escuadrón de fuego, y un mochuelo excavador que ocupaba un rango similar.

Así pues, ¿qué significaba todo eso? Uglamore no estaba muy seguro. Pero empezaba a poner en duda cosas como nunca lo había hecho, y casi le daba miedo. Y lo más pavoroso de todo era pensar en lo que podía ocurrírseles a continuación a los pájaros del Gran Árbol Ga'Hoole. Poseían conocimientos con los que ninguna otra ave rapaz nocturna había soñado. Uglamore estuvo a punto de reírse sólo de pensarlo. «Soñar..., ¡excrepaches! Nosotros no soñamos. Nosotros no pensamos.» Y entonces, de repente, se encendió una especie de gran estrella luminosa en el cerebro de Uglamore. No pensar era exactamente el significado de ser miembro de los Puros. «Pero es más fácil así —se dijo Uglamore—. Verdaderamente lo es. Uno puede ser demasiado listo para su propio bien, ¿no?»

Había empezado a caer una fina llovizna. Ni Uglamore ni ninguna de las demás lechuzas apostadas en las guarniciones o las rocas de vigilancia repararon en los dos pájaros que habían pasado andando por su lado hacia el interior de los desfiladeros. Naturalmente, los soldados de todas las guarniciones miraban hacia arriba y hacia fuera, pero no hacia abajo.

Cuando finalmente Soren y Bubo levantaron el vuelo después de andar, se elevaron muy pocos metros sobre el suelo. Soren se maravilló de hasta qué punto el estudio de Otulissa en la biblioteca de los Hermanos de Glaux había potenciado los conocimientos de los Guardianes sobre las pepitas. El descubrimiento del fuego frío y de los carbones fríos había revolucionado el modo en que se podía neutralizar los triángulos del diablo. Además, provisto del saber de Otulissa, Bubo había concebido una manera más eficaz de detectar aquellos mortíferos triángulos. Ahora Bubo y Soren llevaban consigo lo que llamaban una piedra verdadera. En ocasiones algunos fragmentos de meteoritos sobrevivían a su paso a través de la atmósfera terrestre y llegaban a tierra. Una «piedra verdadera» era un fragmento de una clase concreta de meteorito, que era rico en hierro. Mediante experimentación, Bubo descubrió que una pequeña astilla del tamaño de un alfiler de uno de esos fragmentos vibraba a gran velocidad cuando se acercaba a una concentración de pepitas y oscilaba para señalar su origen. En el pasado, para protegerse de las pepitas que afectaban el cerebro y la molleja, las lechuzas habían tenido que volar provistas de escudos de metal mu. Volar con aquellos pesados escudos durante espacios de tiempo prolongados resultaba incómodo. Pero ahora incluso esto se había mejorado. Bubo había forjado cascos ligeros de metal mu para llevarlos puestos.

Bubo llevaba la piedra verdadera en sus garras. Soren lo seguía con el cubo de carbones fríos. Vio que Bubo viraba bruscamente a babor y luego ascendía en círculos cerrados por la cara de un risco. Soren lo siguió. Con una señal predeterminada, Bubo ladeó un ala y enderezó las plumas de la cola. Allí estaba: un montoncito de pepitas de aspecto inocuo sobre una estrecha cornisa rodeado de piedras pequeñas como para no ser molestado. Soren dejó caer sobre él el carbón frío. Hubo un breve fulgor tenue, sin humo, y un ligero chisporroteo. «Ya está —pensó Soren—. Ahora, al siguiente emplazamiento», y alzó el vuelo detrás de Bubo, que había empezado a bajar hacia el espacio aéreo inferior que hasta entonces los había ocultado a los centinelas de guardia.

CAPÍTULO 20

Una canción en la noche

Gylfie no había tardado mucho en coger el tranquillo a volar en los agujeros *smee.* Twilla la había acompañado hasta la península más meridional de las Garras de Hielo. Desde allí había una corta extensión de agua que atravesar, pero Twilla le había asegurado que muy por debajo de la superficie del agua, en esta región del mar del Invierno Eterno, había un volcán y la lava hirviendo de su cráter originaba un agujero *smee* submarino, que salía directamente del mar y provocaba corrientes térmicas ascendentes.

—No temas, Gylfie. Lo harás bien —dijo Twilla cuando se posaron sobre la cornisa de un acantilado en la punta de las Garras de Hielo.

—Pe-pe-pero, Twilla —dijo Gylfie tartamudeando.

—No puedo acompañarte más lejos. Debo regresar

al refugio de los Hermanos de Glaux. Tengo que informarles de esta traición por parte de Ifghar y Gragg. Lo harás bien, Gylfie. Te enseñaré una canción para que la cantes. Te tranquilizará durante el vuelo. Es una canción corta, pero debes aprenderla ahora mismo de memoria y de molleja.

Twilla empezó a entonar la canción en krakish, pero para entonces Gylfie ya entendía las palabras.

Despliega las alas en el viento del mar,
fija los ojos en el vapor risueño,
siente las olas de la corriente ondear
y cree en tu sueño.
Percibe la bondad de estas aguas,
siente la seguridad del cielo clemente,
escucha las voces lejanas
y cree: ellas no mienten.

—Es una canción preciosa, Twilla. ¿Dónde la oíste?

—Oh, no sólo la oí. También la compuse. En mis tiempos fui una *skog.* ¿Sabes qué es un *skog?*

—Sí, conocimos una en la isla del Ave Oscura. Era un búho nival llamado Snorri.

—Ah, sí, Snorri. La conozco bien. La *skog* del clan de Moss, un clan muy grande e importante. La mayoría de *skogs* son búhos nivales. Era poco común que eligieran una lechuza campestre como yo. Pero mi clan era más bien pequeño.

—¿Y por qué no sigues siendo una *skog*?

—Ya no hay historias que contar. Ni más canciones que cantar.

—¿Qué? —Gylfie parpadeó—. No..., no lo entiendo.

—Salvo yo misma, mi clan fue exterminado por completo, masacrado.

—¡No! —exclamó Gylfie.

—Sí, masacrado en la Guerra de las Garras de Hielo. Ifghar dirigió el ataque. Fue una matanza gratuita. No tenía necesidad de matarlos a todos. Pero lo hizo, incluidos los polluelos.

—Entonces, ¿por qué le has servido todos estos años?

—Me hice hermana de Glaux y aprendí que perdonar a tu enemigo es el deber supremo que una lechuza puede llegar a cumplir. Y cuando perdoné, empecé a sanar de verdad.

—Pero mira qué ha ocurrido ahora. Ifghar no ha cambiado.

—No se trata de eso. Yo sí. Estoy curada. Él no lo está.

Gylfie miró fijamente a aquella lechuza singular. El oro con el que se había pintado las plumas se había desconchado por el vuelo. Tan sólo quedaban unas pocas franjas relucientes.

—Ahora levanta el vuelo, pequeño mochuelo duende —dijo Twilla—. Recuerda la canción que te he enseñado. Estas palabras propulsarán tu vuelo con tanta energía como tus plumas primarias.

Gylfie se irguió sobre la punta de la rama y extendió las alas. Empezó a entonar en voz baja las primeras palabras de la canción y, en efecto, pareció que el aire se hinchaba bajo sus alas. Ni siquiera era consciente de haberlas agitado cuando muy pronto se vio volando en el cielo.

La canción parecía inflarse en su pecho e impulsarla hacia delante, incluso a través de los vientos katabáticos. No tardó en ver un filamento de vapor subiendo en un remolino desde las picadas aguas. Aleteó con fuerza hacia el agujero *smee* oceánico entonando la canción por segunda vez. Pero cuando llegó al final del primer verso dejó de cantar. «¿Sueño? ¿Cree en tu sueño? ¿Qué significa esto? ¿Cuál es mi sueño?»

De repente, todas las palabras de la canción adoptaron un significado nuevo y más profundo para Gylfie. Cuando hubo entonado la canción por primera vez había creído que sólo servía para ayudarla a llegar a casa, al gran árbol, a regresar con la banda, con Soren. Pero ahora daba la impresión de que la canción la desafiaba de algún modo a hacer todo lo contrario. Se sintió subir sobre la corriente térmica ascendente desde el agujero *smee.* Era cálida. Resultaba agradable. Podría volar sobre la corona de esa corriente térmica mucho tiempo, hacia Hoolemere y su hogar. Pero ¿por qué vacilaba? Las palabras de la canción parecían desafiarla a abandonar esa corriente térmica, a desplegar las alas en el viento marino. «¿Me retan a soñar?»

Gylfie empezó a notar una sensación extraña en la molleja que no había experimentado nunca; no era un estremecimiento de miedo, sino quizá de excitación. «Pero yo no soy dada a soñar. Es Soren quien sueña. Soren posee visión astral. Lo que Soren sueña suele ocurrir.» Había unos puntos minúsculos en el tejido de un sueño a través de los cuales Soren podía ver. Pero, ahora mismo, Gylfie tenía la curiosísima sensación de que también ella veía a través de un agujero en un sueño. Incluso podría ser el mismo agujero en el mismo sueño de Soren. «Es de lo más extraño», pensó Gylfie. Sólo que le parecía que ambos estaban mirando a través de él desde puntos opuestos.

«Soren —susurró—. Soren, ten paciencia. Todavía hay algo que debo hacer.» Tenía que regresar. Tenía que reclutar a los Picos de Hielo, porque si bien Gragg e Ifghar sabían poco, sabían lo suficiente para informar a los Puros y eso sería un completo desastre. Debía convencer de algún modo a los Picos de Hielo, a las divisiones de Centellas de Glaux y a las serpientes kielianas —con parlamento o sin él— de que tomaran parte en la próxima invasión. Así pues, el diminuto mochuelo duende se alejó de la plumosa y cálida comodidad de la corriente térmica y se dirigió de cabeza hacia un viento katabático. Volaría hasta la isla del Ave Oscura, con vientos katabáticos o sin ellos. Por Soren, por los

Guardianes de Ga'Hoole, volaría hasta el hagsmire y volvería.

Consiguió encontrar túneles a través de los feroces vientos y los bordes deshilachados donde el viento katabático se resquebrajaba y debilitaba. El pequeño pájaro se las arregló para proseguir su vuelo. Y, en el acantilado más alto del Ave Oscura, la *skog* Snorri avistó a Gylfie y comenzó una nueva canción. Era una canción sobre las más raras de las flores de los Reinos del Norte, las *issenblomen*, o flores de hielo.

Al final de la avalancha,
en el borde helado del glaciar,
crece la flor de los campos de nieve
mecida por el viento invernal.

Se atreve a vivir en los límites
donde nada crecería jamás.
Tan frágil, tan insólita,
un ave nocturna vuela hacia acá.

Desafía los vientos katabáticos,
su molleja se estremece sin tino,
pero jura que se sacrificará
por sus seres más queridos.

Como el lirio de la avalancha,
la rosa helada del glaciar,

como una flor del viento
su determinación brillará.

Los más audaces son los pequeños,
los más débiles son los fuertes,
el más temeroso encontrará el valor
y a la injusticia hará frente.

CAPÍTULO 21

Esperando a cuándo

Cuándo creéis que será? —dijo Digger.

—¿Que será qué? —preguntó Eglantine.

—La invasión, ¿qué si no? —retumbó Twilight.

—Yo creo que podría ser pronto —respondió Digger—. Creo que la brigada de tiempo consistía en eso.

—Sí —intervino Otulissa—. Creo que tienes razón, Digger. Ezylryb parecía encantado cuando detectó esa faja de tormentas acercándose.

—¿Cómo ha estado Soren en la brigada de tiempo, Otulissa? —quiso saber Digger.

—Bien —contestó ella—. Pero la verdadera cuestión es: ¿luchará? Lo que quiero decir es: ¿hasta dónde llegará eso del combate pasivo?

Soren estaba posado en una rama de fuera, justo encima de la portilla, y lo había oído todo. Entró en el hueco en un abrir y cerrar de ojos.

—Yo te diré hasta dónde llega. Llega hasta el punto de no enseñar a idiotas como Skench y Spoorn a combatir con fuego, y eso es todo. —Revoloteó y aterrizó en la percha situada delante de Otulissa—. Lucharé, Otulissa. No te quepa la menor duda. Por Glaux, lucharé con toda mi alma, con todo mi cerebro, con toda mi molleja.

—¡Está bien! —repuso Otulissa con una voz un tanto apagada—. Sólo preguntaba.

Desde que Soren se había declarado un resistor de molleja, Digger había notado una separación entre Soren y el resto de la banda, y no le agradaba. Tenían que formar una unidad cohesiva. Si bien solían estar en brigadas distintas, en cualquier batalla se producía siempre una unión en la que encontraban apoyo mutuo y compartían sus fuerzas. Digger sabía que necesitaban urgentemente volver a unirse de alguna manera antes de la invasión. El único modo que se le ocurría quizá no era el más honrado.

—No quisiera cambiar de tema —dijo Digger con toda la intención de hacer precisamente eso—, pero ¿sabéis que mientras hablamos se está celebrando una sesión en el parlamento?

—¡A las raíces! —exclamaron Twilight y Otulissa al unísono.

—Sí, era exactamente lo que estaba pensando —respondió Digger.

—¿Yo también? —preguntó Eglantine.

—Por supuesto —dijo Digger.

Twilight miró a Soren como para preguntarle si también iría.

—¡Desde luego!

Sacudió la cabeza, consternado. ¿Tanto creían sus amigos que había cambiado?

—Como sabéis, distinguidos miembros del parlamento —era Boron, el monarca nival, quien hablaba—, el enemigo espera que emprendamos la invasión la noche del próximo eclipse y que lleguemos por la entrada de los Grandes Cuernos. Es el acceso más fácil, en la dirección de los vientos dominantes. De hecho, durante su misión para neutralizar los triángulos del diablo, Bubo y Soren comprobaron que esa región es la más fortificada de todas.

Digger, Twilight, Eglantine y Otulissa miraron a Soren. De modo que en eso había consistido su misión. Soren se encogió de hombros.

—Bien —continuó Boron—. Ezylryb acaba de regresar con su brigada de tiempo y tiene algo que decirnos.

—Sí.

Los pájaros, aplicando los oídos a las raíces, oyeron la voz ronca con su deje habitual de acento krakish.

—Como ha insinuado nuestro estimado monarca, lo que tenemos a favor si atacamos ahora es el factor sorpresa. Faltan dos días para el eclipse. Esperan que lleguemos por el frente nordeste a través de los Grandes Cuernos. Fue al joven cárabo barrado, Otulissa, quien, en su plan de invasión preliminar, se le ocurrió la idea de entrar por la retaguardia, al otro lado de este frente. —Otulissa se hinchó un poco al oír mencionar su nombre. Ezylryb prosiguió—. Tenemos otra cosa que nos ayudará en gran medida: un sistema tormentoso avanza hacia aquí. Se está formando directamente en el sector nordeste de Hoolemere. De modo que habrá vientos marinos en los que todos nosotros estamos acostumbrados a volar. No nos disuadirán. Pero esos vientos que se ciernen al borde del invierno estarán cargados de granizo, mucha electricidad y agua en general que no agradarán al enemigo.

—Pero ¿qué hay de Skench, Spoorn y el resto de lechuzas de San Aegolius que se han unido a nosotros, Ezylryb? —preguntó Elvan, el viejo instructor de recolección—. Será un problema para ellos.

—Trataremos de crear el vacío hermético que suele utilizarse en los Reinos del Norte para trasladar pájaros heridos a través de los vientos katabáticos. He estado instruyendo a algunos miembros de la brigada de tiempo en esto, además de algunas otras lechuzas.

—¿Ha accedido Soren a formar parte de un sistema para proteger a Skench, Spoorn y los demás? —preguntó con su voz tenue Barran, el otro monarca nival.

—Así es, señora —contestó Ezylryb—. Soren es

un pájaro muy incomprendido hoy en día. Créame, Soren hará lo que se le pida en esta invasión.

—Así pues —dijo ahora Sylvana, la encantadora instructora de rastreo—, ¿debemos entender que, aunque nuestros intentos de reclutar fuerzas de los Reinos del Norte en nuestra invasión han fracasado, vamos a seguir adelante con nuestro plan?

—Desde luego —respondieron a la vez Boron y Barran. Entonces Barran continuó—: Tenemos la brigada de brigadas, que ha recibido instrucción en el manejo de armas de hielo. Y ellos, a su vez, han instruido a otros.

Sylvanaryb volvió a intervenir:

—Pero ¿de cuántas espadas, astillas, cimitarras y dagas de hielo disponemos?

—No las suficientes —espetó Ezylryb—, pero debemos seguir adelante. Es ahora o nunca. Las armas de hielo de que disponemos no pueden mantenerse afiladas indefinidamente en los Reinos del Sur, y el sistema tormentoso pasará de largo. No podemos permitirnos esperar.

—¿Estás diciendo que debemos atacar pronto? —preguntó Sylvanaryb en voz muy baja.

Los pájaros que escuchaban en las raíces apenas podían oírla.

—Digo que ataquemos con la primera negrura. Creo que faltan dos horas —respondió Ezylryb.

—Bueno, Fenton —dijo Boron. Fenton era un cárabo de franjas que servía como portero del parlamento—. Haz pasar a Audrey.

«¿Audrey? ¿Por qué Audrey?», articuló Otulissa sin emitir sonido alguno. Pero sus compañeros entendieron perfectamente lo que decía. Audrey era una serpiente nodriza que había trabajado para la familia de Otulissa antes de que el cárabo barrado se quedara huérfana. Había llegado al gran árbol con Otulissa y había llegado a ser miembro del gremio de las tejedoras, uno de los numerosos gremios a los que las serpientes nodrizas podían unirse. Los jóvenes pájaros acercaron más el oído a las raíces. Lo único que oían en el interior del hueco del parlamento eran gritos de admiración, como si sus miembros se exclamaran por algo. Y eso era exactamente lo que hacían.

—Un trabajo exquisito, Audrey —decía Barran—. Sencillamente exquisito.

Los jóvenes se cruzaron miradas perplejas mientras trataban de adivinar en qué podía consistir aquel trabajo exquisito.

—Gracias, señora. Encantadas de servirles.

—Parecen lechuzas de verdad. Habéis captado perfectamente la forma.

—Bueno, gracias a Dios teníamos suficientes plumas —explicó Audrey—. Las mudas de la primavera pasada eran muy buenas, y ya saben que las almacenamos para acolchar las camas de la enfermería. ¿Quién iba a pensar que las usaríamos para confeccionar *owlipoppen*?

¡*Owlipoppen*! Los jóvenes estaban pasmados. Las *owlipoppen* eran unas muñequitas con forma de lechuza que los padres solían hacer con plumón y plumas mudadas para que sus hijos jugaran con ellas en el hueco. De repente comprendieron lo que tramaban: ¡un plan de engaño!

—¡Operación Trampa! —exclamó Boron.

—Sí —repuso Bubo—. Ya están en mitad de Hoolemere dirigiéndose hacia los Grandes Cuernos. Percy, con la experta colaboración de Nut Beam y Silver.

«¡Nut Beam y Silver!», estuvo a punto de gritar Soren, al igual que Otulissa. Por la cabeza de ambos pasó el mismo pensamiento. «Nut Beam y Silver... son poco más que unos polluelos.» Otulissa y Soren habían cuidado de ellos en su primer vuelo con la brigada de tiempo. Pero de eso hacía ya varios veranos, y todos ellos habían crecido.

CAPÍTULO 22

El principio de la eternidad y un día

Faltaba una hora para la primera negrura, pero en esa porción del anochecer entre la puesta del sol y la aparición de la luna había despegado un escuadrón de doce pájaros. Estas aves habían recibido instrucción en vuelo especial a gran altura y eran muy expertas en navegar con vientos de gran altitud, que se comportaban de un modo distinto a los vientos de las altitudes más bajas. En cada una de sus patas llevaban cuatro *owlipoppen* plumosas. Volaban a tanta altura que no podían ser vistos por los oteadores de los Puros, pero las *owlipoppen,* ingeniosamente montadas por las serpientes nodrizas del gremio de las tejedoras, flotarían lentamente a la deriva hasta las corrientes inferiores y, de hecho, serían arrastradas por los vientos dominantes hasta la región fortificada de los Grandes Cuernos. Esperaban entonces que un mayor número de tropas de los Puros se dirigieran hacia ese frente.

La primera *owlipoppen* fue avistada en los desfiladeros justo cuando empezaba a salir la luna. Sonó la voz de alarma. Un pelotón se dirigió hacia un risco situado a medio camino entre los Grandes Cuernos y el Pico de Glaux.

—No cabe duda de que vuelan despacio —dijo Stryker a su sargento—. Esperemos un poco antes de entrar en combate. Veamos cómo funcionan los triángulos del diablo.

Minutos después, regresó una lechuza campestre con un comunicado.

—Teniente Stryker, no se ha visto al enemigo aparecer sobre el risco de los Grandes Cuernos. Ni uno solo. Deben de estar muy confundidos. No se ha avistado ningún pájaro desde que han entrado en la zona de las pepitas. Y el tiempo está empeorando.

—¡Excelente! Si vinieran, sin duda decidirían distraernos con este tiempo.

—Yo no estoy tan seguro —dijo Uglamore, alzando el vuelo.

—¿Por qué, señor? —espetó Stryker.

—Esos pájaros saben volar con este viento. Esta tormenta viene directamente de Hoolemere. Está repleta de *hoolspyrrs* y saben cómo manejarlos.

—Excrepaches. No estarían tan locos como para

atacarnos en una noche como ésta, con la luna llena brillando..., ¿la habéis visto alguna vez brillar tanto? Es una luna de lobo, y además se avecina mal tiempo.

—¡Señor!

Una lechuza común acababa de llegar a la guarnición.

—¿Qué es eso que llevas en la pata, Flintgrease?

—¡Es una *owlipoppen*!

Hubo una exclamación colectiva.

—¡Sabía que intentarían algo así! —bramó Uglamore—. ¡Lo sabía! Avisad al Tyto Supremo y a Su Pureza enseguida.

—¡Tonterías! —se erizó Stryker. No le importaba Uglamore, quien, en su opinión, trataba siempre de impresionar al Tyto Supremo. A Stryker le había indignado que los ascendieran a ambos al mismo tiempo, aunque como teniente primero era de rango superior a Uglamore—. Es un farol. Eso es todo. Tratan de distraernos. ¿No lo entiendes? Han dejado caer esto sobre los Grandes Cuernos confiando en atraernos hacia allí. Pero entrarán por el Pico de Glaux. Resulta casi tan fácil como los Grandes Cuernos. Te lo advierto, es allí donde aterrizarán ahora: el Pico de Glaux. Con estas *owlipoppen* quieren hacernos creer que vienen a través de los Grandes Cuernos.

—¿Cómo puedes saberlo? —inquirió Uglamore.

—Lo sé.

—Creo que deberías ordenar un despliegue de tropas al otro lado del desfiladero —sugirió Uglamore—.

Allí no tenemos pepitas. Deberíamos disponer una zona de pepitas allí enseguida.

—Sólo el Tyto Supremo o Su Pureza pueden hacer eso —replicó Stryker.

—¡Bueno, pues ve a pedírselo! —chilló Uglamore.

—Están durmiendo. No quiero molestarlos. Es casi la noche del nacimiento de su primer hijo. No los despertaré. Están reservando fuerzas para el combate de verdad.

—Esto podría ser el combate de verdad. ¡Podría ser la invasión! —gritó Uglamore.

Entretanto, en el otro extremo del desfiladero de San Aegolius, una lechuza de campanario solitaria volaba de patrulla. Estaba enfrascada en una conversación mitad hablada, mitad silenciosa consigo misma sobre la mala suerte de haber nacido lechuza de campanario en lugar de una lechuza común Tyto Alba.

—No es justo. Miradme. ¿Tan distinto soy a una lechuza común? De acuerdo, no tengo esa cara blanca y reluciente. ¡Vaya cosa! Bueno, podría ser peor. Podría ser una lechuza de campanario moteada. Eso sí que es un tipo de lechuza inferior. Además, apestan. Si tuvieran más lechuzas de campanario moteadas en esta unidad, yo no estaría de guardia en esta deprimente parte del desfiladero. Pero no. ¿Tienes un trabajo sucio? Dáselo al viejo Dustytuft.

«Dustytuft»..., aborrecía este nombre.

En otros tiempos había tenido un nombre de verdad, nada parecido a Dustytuft. ¿Cuál había sido su verdadero nombre? Recordaba que era algo casi noble. «Algo así como Phillip o Edgar. ¿Era Edgar?»

Tan abstraído en sus pensamientos estaba Dustytuft, quien posiblemente había sido Edgar, que no reparó en el primer montón de broza. «¿Qué es eso...?», pero ni siquiera había terminado de pensarlo cuando un frío espantoso empezó a subirle por la molleja.

—Alguien —se dijo en voz baja— ha estado trayendo broza hasta aquí. —Ahora Dustytuft empezó a enlazar una idea con la siguiente—. Esto son piras inflamables. ¿Quiénes son los mejores voladores con fuego? ¡Los Guardianes de Ga'Hoole!

Y fue entonces cuando vio las primeras filas de pájaros enemigos coronando los amenazadores pináculos de roca que rascaban el cielo como un millar de alfileres rojos en la noche.

«Ya está. La invasión. Ya llega. Directa hacia mí. Voy a desmadejarme. Voy a desmadejarme. No quiero morir. No me importa ser una lechuza de campanario para siempre si puedo vivir. ¡Oh, Glaux! No quiero morir. Voy a desmadejarme bajo una luna de lobo. Sí, en una noche radiante como ésta, si no me matan los Guardianes, me comerán los lobos.»

CAPÍTULO 23

El túnel en el humo

Como cintas en la noche, el rayo descargó detrás de la primera fila de pájaros seguida por la tempestad. La luna de lobo —llena y lo suficientemente intensa para permitir cazar a los lobos— era roída por jirones de nubes. Los carboneros volaban en esa primera fila, portando los carbones para encender las hogueras. Soren y Martin dejaron caer las ascuas incandescentes sobre la primera pila de broza que habían traído al desfiladero en una operación secreta pocas noches antes. Aunque una vez más los Guardianes no disponían de un número de soldados comparable con el de los Puros, en esta ocasión contaban con tres ventajas inestimables: el factor sorpresa, el tiempo y una planificación exquisita. Tres operaciones secretas ya habían debilitado o debilitarían al enemigo. Los triángulos del diablo se habían vuelto inofensivos. El engaño de las *owlipoppen* había distraído a las tropas de la guarnición. Por último, los montones de broza que servirían para encender sus ramas de combate estaban en su sitio.

En la punta de una de las miles de agujas rojas que perforaban la noche, iluminado por los fogonazos de los relámpagos, estaba posado el comandante de la invasión. Desde su atalaya, Ezylryb podía observar el desfiladero entero. Por medio de una serie de señales en clave preestablecidas, en las que extendería y doblaría las alas con movimientos extraños, dirigiría esta batalla. Las aves más pequeñas, principalmente mochuelos duende y búhos chicos, habían recibido instrucción para interpretar esas señales y volar a la llamada velocidad del rayo para transmitirlas a los comandantes de las unidades. Nunca en la historia del universo de las lechuzas había habido una empresa tan difícil, tan compleja como ésta. Pero Ezylryb prometía en silencio: «Lo conseguiremos. Tenemos que hacerlo.»

Después de encender los montones de broza, la primera oleada de la brigada reverberante encabezada por Bubo, con Soren como segundo, se dirigió de lleno hacia el corazón de San Aegolius: la biblioteca donde se almacenaban las pepitas. Su misión era muy concreta: penetrar en la biblioteca y dejar carbones fríos en cada una de las hornacinas. Era en esa dirección que Soren volaba con Skench, su antiguo castigo, a su lado. No habían tenido elección. Skench, el búho común y ex Ablah General de San Aegolius, conocía todos los atajos para acceder a la biblioteca.

—Por aquí —dijo el búho común sacudiendo el ala de babor.

«Este viejo tonto ni siquiera sabe distinguir babor de estribor», se dijo Soren. Se preguntó cómo había conseguido con tanta estupidez construir aquel lugar perverso. Ruby y Martin también volaban en esta unidad. Tan pronto como terminaran en la biblioteca, tenían que regresar a una pila de broza de reignición lo antes posible. En ese punto, la brigada reverberante se dividiría. Bubo y el resto de la brigada encenderían sus armas de fuego. Soren, Ruby y Martin, junto con Twilight, se proveerían de las pocas armas de hielo que habían traído de los Reinos del Norte y se unirían al combate, que para entonces estaría en su apogeo. Pero, aun en el fragor de la batalla, las mortíferas reservas de pepitas se debilitarían cada vez más hasta que, Glaux mediante, todas las aves rapaces nocturnas vivirían en un mundo sin pepitas para la eternidad y un día. «Eternidad y un día» era el nombre en clave de la invasión. Ezylryb la había bautizado así y este nombre resultaba esperanzador y atrevido al mismo tiempo. «Tiene que funcionar —pensó Soren—. No hay más remedio.»

Entretanto, la lechuza de campanario Dustytuft se había recuperado un segundo antes de desmadejarse contra el suelo del desfiladero. Tras reponerse débilmente de su indisposición, ascendió e intentó concentrarse en lo que debía hacer. Tenía que volar lo más rápido posible hasta la guarnición principal de los Grandes Cuernos y hablar con Stryker. Debía contarle exactamente lo que había visto. Mientras volaba, ensayó su discurso. Nadie escuchaba nunca a las lechuzas de campanario, pero esta vez lo harían. Sería conciso y claro. «Esto es lo que voy a decir —pensó—. Estaba patrullando por el sector este de las Agujas cuando primero vi las pilas de broza...»

Debía de haber volado más deprisa que sus pensamientos. Vio a Stryker sobre un risco a medio camino entre el Pico de Glaux y los Grandes Cuernos agitando un dedo delante de Uglamore. Olvidó su discurso por completo y, antes incluso de aterrizar, se puso a gritar con el pitido estridente de las lechuzas de campanario.

—¡Ya vienen! ¡Ya vienen! ¡La invasión está aquí! ¡Vienen sobre las Agujas! ¡La invasión está aquí!

Hubo un repentino cambio en la dirección del viento y las palabras de Dustytuft parecieron estrellarse contra su pico. Pero volvió a gritar, esta vez aún más fuerte, y todas las lechuzas de la guarnición le oyeron y parecieron encogerse repentinamente. «Por fin —pensó—. Por fin alguien me ha escuchado.»

La biblioteca estaba situada en uno de los límites más altos de San Aegolius, con una portilla que daba directamente al cielo. Fue a través de esta portilla que

Soren y los demás pájaros bajaron y rápidamente redujeron a los dos guardias, que se quedaron pasmados al ver a su antiguo Ablah General. Skench atacó al primero con saña, y esto bastó para que la otra lechuza se desmadejara cuando vio la sangre que manaba del ala rota de su compañero. El pájaro se quedó completamente inmóvil con las alas caídas.

Soren parpadeó al mirar a su alrededor. Aquélla era la misma sala de piedra revestida de hornacinas llenas de pepitas de la que él y Gylfie habían huido. Y no sólo huido, sino también volado por primera vez en sus vidas. Fue allí donde Grimble, que lo había arriesgado todo para enseñarles a volar, había muerto defendiéndolos. Asesinado por Skench. Soren apenas se atrevía a mirar al búho común.

Tenían que actuar deprisa. No llevaban garras de combate, porque de haberlas utilizado la atracción magnética de las pepitas hacia las garras metálicas habría sido demasiado grande. En cambio, sí llevaban cascos de metal mu para protegerse el cerebro del efecto desorientador de las pepitas. Soren dirigía a Ruby y Martin hacia las hornacinas. Rápidamente, los pájaros dejaron caer carbones fríos dentro de cada una de ellas.

—¿Todas las hornacinas llenadas y contadas?—bramó Bubo.

—Sí—contestó Skench.

—No te lo preguntaba a ti, sino a Soren.

Bubo no confiaba en el búho común más de cómo podía regurgitar un gránulo. No le extrañaría que ese desdichado pájaro hubiese escondido unas cuantas pepitas en alguna hornacina desconocida.

—Sí, Bubo —respondió Soren—. Están todas las hornacinas.

—Bien. Entonces salgamos de aquí y volvamos con nuestras brigadas. La verdadera lucha está a punto de empezar.

Dicho esto, las cinco aves extendieron las alas y salieron directamente del pozo de piedra que constituía la biblioteca.

Soren recordó lo difícil que le había resultado aquel primer vuelo. Hacia arriba: la clase de despegue más difícil para voladores inexpertos, como lo habían sido Gylfie y él. Pero ¿olvidaría jamás aquella primera sensación una vez que salieron del pozo a la oscura pureza de una noche estrellada? Ahora Soren parpadeó. Le escocían los ojos. No había estrellas. No había oscuridad. ¿Qué había ocurrido? La niebla enturbiaba el aire, pero le escocían los ojos. Aquello no era niebla. Era humo. ¡Los desfiladeros ardían!

Un pájaro se acercó surcando la noche. Era casi del mismo color que el humo.

—¡Twilight! —gritó Soren—. ¿Qué sucede?

—Un cambio total en la dirección del viento. Todo estaba muy seco. Los desfiladeros están en llamas.

Pero, aparte de sus pilas de ignición, ¿qué había allí

que pudiera arder?, se preguntó Soren. Apenas había un solo árbol en ese paisaje rocoso. Pero entonces se acordó. Había todo tipo de plantas leñosas arbustivas, y estaban secas como la yesca. En un sitio el humo se aclaraba y, cuando miró hacia abajo, Soren se quedó boquiabierto. Era como si un mar rojo se extendiera sobre los desfiladeros. Soren era carbonero y estaba acostumbrado a volar en incendios forestales, bajando en picado entre columnas de fuego, pero ¿cómo se podía volar en esto? El humo era terrible. La capa uniforme de calor ascendente les obligaba a subir demasiado.

—¿Qué diablos hacemos con esto?

Martin, que era uno de los mejores recogedores de ascuas pequeñas de la brigada de carboneros, se situó junto al ala de babor de Soren.

—No tengo ni idea. ¿Cómo van a actuar los voladores bajos?

Entonces llegó Ruby. Su voz tenía un tono casi histérico. Soren nunca la había visto así.

—Los Puros tienen atrapada a la mayor parte de la primera y segunda unidades de asalto entre los dos cuernos del risco de los Grandes Cuernos.

—¿Te refieres al resto de la brigada reverberante y a los Arietes de Strix Struma? —preguntó Bubo.

—Eso me temo. Y Ezylryb no puede ver nada desde su percha. Todo el sistema de comunicación en clave se ha cortado —continuó Ruby.

—¿Podemos al menos regresar a nuestras armas? —preguntó Soren.

—Podemos intentarlo —contestó Ruby—. Ahora mismo Twilight se dirige hacia allí.

Cuando llegaron al escondrijo de las armas, fueron recibidos por la imagen de Twilight volando a través del humo mientras blandía una rama en llamas en cada una de sus patas provistas de garras de combate y arremetía contra dos lechuzas comunes y un autillo que Soren reconoció como un antiguo teniente de San Aegolius. De repente vio que el autillo se detenía en pleno vuelo, giraba y atacaba a Twilight. El cárabo lapón se tambaleó en el aire.

Bubo y Soren se precipitaron hacia el vacilante Twilight, pero el autillo se lanzó sobre ellos en un instante... ¡con Skench! «¿De qué lado está Skench?» Soren sintió una sacudida en la molleja. Cogió la rama que estaba a punto de caer de las patas de Twilight. La blandió y, de un fuerte golpe, mandó a Skench girando hacia abajo, con sus plumas primarias en llamas.

—¡Cuidado con tus plumas de la cola, Soren! —gritó Bubo.

El corpulento herrero estaba sosteniendo a Twilight en el aire.

Entonces, llegado de la nada, volando tan deprisa que no era más que una mancha en aquella noche de humo y fuego, apareció Martin. Una mortífera astilla de hielo relucía en sus patas. El autillo parpadeó como si tratara de distinguir qué era lo que se le acercaba. En esa fracción de segundo de confusión, Martin lanzó la astilla, que silbó a través del aire como un misil. El autillo soltó un grito, dio una vuelta de campana y cayó a tierra, con el pecho atravesado por la astilla de hielo y un hililllo de sangre manchando de rojo sus plumas.

—¿Está bien Twilight?

Soren voló hasta una cornisa de roca donde Twilight se posó junto a Bubo.

—Estoy bien, estoy bien —dijo Twilight, malhumorado.

—Un poco tembloroso, pero está ileso —observó Bubo.

—Yo no estoy tembloroso.

Y, como si quisiera demostrarlo, Twilight levantó el vuelo y se dirigió hacia el escondite de armas de hielo en una cornisa más alta. Los demás pájaros lo siguieron.

Quentin, un viejo cárabo de franjas que ya no luchaba, era el intendente que se ocupaba de las armas en aquel escondrijo. Garras de combate, las ramas para ignición y toda clase de armas de hielo, desde astillas a dagas, espadas y cimitarras, estaban bajo su custodia.

—¿Qué desea, señor? —dijo Quentin, dirigiéndose a Bubo.

—Armas de hielo para estos jovencitos que han recibido instrucción en el Ave Oscura. Y yo cogeré lo de siempre.

«Lo de siempre» para Bubo era una bola metálica con agujeros llena de carbones reverberantes y sujeta al final de una cadena. Recibía el nombre de maza y era un arma sumamente difícil de manejar. Pero Bubo era un experto. La esfera se ponía al rojo vivo cuando se hacía girar con un rápido movimiento circular y podía causar estragos entre un grupo de aves hostiles, las cuales dispersaba como hojas secas arrastradas por la brisa.

—Si se me permite una recomendación, poneos las garras de combate antes de coger vuestras armas —dijo Quentin en voz baja.

—Por supuesto, Q.

Quentin era un pájaro muy ceremonioso. Cogió las garras de combate que Ezylryb había dado a Soren.

—Si me lo permite, señor, sería un gran honor.

Bubo suspiró.

—Está bien, Q. Ayuda a Soren, pero los demás nos colocaremos las garras nosotros mismos. Debemos llegar al frente lo antes posible.

En cuestión de minutos, los pájaros estaban provistos de garras y volaban por el aire con sus armas. La noche estaba impregnada de humo, pero ahora además caía la lluvia a través de la espesa humareda y, cuando estallaba un trueno, el rayo aparecía como un filamento blanco y borroso en el espacio gris. Soren pensó que aquélla era la atmósfera más extraña en la que había volado nunca. Pero ¿le resultaba de algún modo familiar? ¿No había vivido otro momento en el que una extraña espesura en el aire lo rodeaba? No, no había sido humo. ¡Niebla! De repente cayó en la cuenta: era su sueño. El sueño que había olvidado por completo. Sintió un estremecimiento en la molleja. En ese sueño había sido musgo de oreja de conejo lo que lo había envuelto. Y entonces, por alguna razón, de algún modo extraño, el musgo se había transformado en niebla. Ahora le costaba más trabajo volar. Soren derramaba lágrimas por causa del humo, y le dolían los pulmones. Pero el sueño volvía hacia él y, a lo lejos, distinguió algo reluciente como había visto en su sueño. Un resplandor tenue, dorado y vibrante. «¡Tengo que seguir volando!», pensó. El fulgor se intensificó. Se le humedecieron los ojos. Tosió. Pero siguió volando.

—*Dasgadden gut vrinhkne mi issen blaue* —dijo el pequeño mochuelo chico.

—Yo tampoco he visto nunca nada parecido —respondió Gylfie, y forzó la vista a través de sus gafas de *issen blaue.*

Los picos gemelos de los Grandes Cuernos se cernían delante de ella, envueltos en una pelusa suave que parecía musgo de oreja de conejo. ¿Era humo? Parpadeó. Todo se hacía realidad. El sueño se hacía realidad.

Delante, entre el humo, lo distinguió, su mejor amigo en todo el mundo. «¡Soren!» Su corazón, su molleja y su mente gritaron a la vez.

Y, en ese preciso instante, una repentina ráfaga de aire gélido abrió un túnel a través del humo. Al final de este túnel, Soren vio algo asombroso. «Mi sueño se está haciendo realidad —susurró para sí—. Por fin la he encontrado.» Cuando el humo se aclaró a la luz dispersa de la luna, dos sueños estaban a punto de fusionarse.

CAPÍTULO 24

La batalla de fuego y hielo

Son los Picos de Hielo! —gritó Twilight.

—Los Picos de Hielo —repitió Ruby—, ¡y mirad qué viene detrás! ¡La artillería de las Centellas de Glaux volando con serpientes kielianas!

Soren jamás olvidaría esa escena. Cientos de pájaros, sus armas de hielo destellando en la noche, ocupaban el cielo. Serpientes de color turquesa, verde esmeralda y azul oscuro se enroscaban hacia el aire a lomos de las aves de mayor tamaño.

Una lechuza norteña más pequeña de lo normal voló al lado de Bubo.

—Coronel Frost Blossom, señor, comandante de la compañía E de la división de Picos de Hielo. —La diminuta lechuza hablaba con un fuerte acento krakish—. ¿Cuál es la situación?

—Tienen dos de nuestras unidades de élite acorraladas en una trinchera aérea entre los Cuernos. Pueden darse por atrapadas. No tengo idea de cuántas bajas han sufrido.

—Veo que dispone de un arma antidisturbios con esa maza.

—No hay nada como una maza para dispersar una multitud de esos pájaros. Podríamos utilizar algunas más —dijo Bubo.

—Nosotros tenemos mazas de hielo. Creo que nuestra estrategia debería consistir en mandar las mazas primero. ¿Desea encabezar la expedición, señor?

—Sí, señora... Quiero decir, coronel Frost Blossom.

—Puede llamarme Bloss. La mayoría lo hace.

La pequeña lechuza norteña viró bruscamente y regresó con su unidad para dar la orden.

Soren aún no había tenido ocasión de hablar con Gylfie. Les habían ordenado volar en espera, y nadie debía abandonar la formación. Pero ahora Soren vio que Twilight hacía precisamente eso. El cárabo lapón se alejó y ascendía en círculos hacia un risco alto en el que estaban posados docenas y docenas de buitres, esperando en silencio su siguiente comida: la carroña de lechuzas. Los buitres constituían una visión espantosa. Después de una batalla los Guardianes de Ga'Hoole siempre recuperaban sus muertos antes de que un buitre se abalanzara sobre el cadáver. Solían ahuyentarlos con fuego, y si no disponían de fuego... Empezaba a tener sentido para Soren. ¿Quién se había ocupado siempre de los buitres? Twilight. Pero ¿por qué ahora? La batalla no había terminado. Los buitres nunca bajaban en lo más intenso de la lucha. Pese a sus costumbres aborrecibles, eran unos pájaros cobardes. «¿Por qué ahora, Twilight?»

Twilight voló hasta el risco. Un mensajero, un mochuelo chico, le había transmitido la orden directamente de Ezylryb. «Qué viejo tan listo —pensó Twilight—. No puede ver el combate debido al humo, pero sabía dónde estarían estos buitres.» Iba a ser un buen trabajo, y Twilight disfrutaría haciéndolo. Ganó velocidad y, esgrimiendo una espada de hielo en la pata, fue directamente hacia los buitres.

Las enormes aves, espectrales y oscuras, con las alas colgando como andrajos negros a ambos lados, levantaron la vista.

—¿Qué es lo que quieres? —graznó uno de ellos.

Twiligth volaba en círculos sobre ellos. Entonces bajó en picado y acuchilló las plumas de la cola del buitre más próximo con la espada de hielo. Varias plumas volaron arrastradas por el viento.

—¡Ay! ¿Por qué haces eso?

—Nada del otro mundo —gruñó Twilight—. Para que voléis de un modo gracioso cuando bajéis a comer soldados muertos. ¿Quién es el siguiente? —arrulló Twilight con fuerza. Los buitres se echaron a temblar de miedo—. Escuchad, idiotas, basura maloliente, pájaros asquerosos. Vais a perder todos las plumas de la cola muy deprisa a menos que hagáis lo que os diga.

—¿Qué quieres? ¿De qué se trata? Lo que tú digas, Twilight —empezaron a hablar todos a la vez.

Ya se las habían visto con Twilight otras veces. Por lo general, se limitaba a canturrear una de sus mordaces rimas y los ahuyentaba, pero ahora llevaba ese extraño objeto brillante y acababa de cortar varias plumas de la cola antes de que cualquiera de ellos hubiese podido parpadear.

—Está bien. Quiero ver vuestros malditos culos en aquellos cuernos. La mitad de vosotros en un cuerno. La otra mitad en el otro.

—¿Por qué? —preguntó uno de los buitres.

—Porque yo lo digo —bramó Twilight.

—¿Sacaremos algo de esto, como un poco más de carne muerta?

—¡Vais a conservar vuestras asquerosas plumas de la cola, imbécil!

Y blandió la espada de hielo en un arco reluciente. Los buitres chillaron y se elevaron en el aire. Twilight los siguió, llevándolos en manada con su espada de hielo destellando en la noche. Sólo un pájaro como Twilight era capaz de sacar inspiración artística en un momento como ése, mientras conducía los buitres hacia los Grandes Cuernos. Pero estaba inspirado, y no pudo resistir la tentación.

Harto estoy de vuestros juegos morbosos.
Ahora daos prisa, pájaros apestosos,
apresuraos y escuchad mis palabras.
Sois cobardes, os cortaré en rebanadas
y luego os daré de comer a los lobos.
Tenéis serrín en la cabeza,
vuestra molleja flojea
¡y ahora vais a jugar a mi antojo!

—¡Subid allí arriba, pájaros holgazanes! ¡Vamos, arre! ¡Uuuuh! ¡Uuuuh!

Twilight aullaba en la noche, blandiendo su espada de hielo a escasos centímetros de las colas de los buitres. La falange de pájaros negros seguida por los arcos abiertos de la reluciente espada constituía una visión espeluznante en mitad de la noche. Gritando y aullando como un poseso, Twilight conducía cuarenta buitres hacia las puntas de los Grandes Cuervos.

Twilight vislumbró cómo uno de los mercenarios de los Puros se desmadejaba. Luego otro, y otro más. Guerra psicológica, lo había llamado Ezylryb. Bueno, parecía dar resultado. Las garras de alquiler eran un grupo de pájaros asustadizos. Como los piratas de los Reinos del Norte, tenían muchas creencias y supersticiones extrañas. Y lo que temían más que ninguna otra cosa era ver buitres en el campo de batalla una noche de luna de lobo.

Otulissa exhaló un profundo suspiro de alivio al ver que de repente se abría un hueco en la trinchera aérea. Había estado luchando encarnizadamente con su daga de hielo, y ahora veía acercarse a Martin con una astilla de hielo. Por fin les llegaban refuerzos.

—¡A babor, Otulissa! —gritó Bubo.

El cárabo barrado giró justo a tiempo de ver una lechuza común volando hacia ella. Era la que llamaban Stryker. Lo reconoció de la batalla en Los Picos. Llevaba las garras de combate desplegadas y esgrimía una rama ardiendo. Iba a ser un duelo entre la daga de hielo de Otulissa y la rama en llamas de Stryker. «Esto no se les da nada bien —se dijo Otulissa—. Están acostumbrados a luchar con garras de combate. Apenas han aprendido a luchar con fuego.» Trató de recordar las lecciones del Ave Oscura, sobre el combate con una daga de hielo contra un enemigo con una rama ardiendo. Daba miedo porque tenía que esperar el ataque, incitar al atacante a acercarse cada vez más y luego iniciar una serie de movimientos de engaño o fintas. Pero la rama de Stryker era más larga que su daga de hielo. Otulissa fintó, desplazándose rápidamente de un lado a otro de Stryker. «Un poco más —pensó— y podré alcanzarle.» Otulissa empezó a moverse rápidamente, a veces volando hacia atrás y adoptando de hecho una posición defensiva. «Si puedo hacerle creer que me tiene acorralada contra este risco...» Era una maniobra sumamente peligrosa, porque si realmente acorralaba a Otulissa, no habría escapatoria.

Los ojos de Stryker empezaron a brillar cuando vio al cárabo barrado retroceder hacia el risco. Sus plumas de la cola casi tocaban la pared de piedra cuando, de repente, Otulissa embistió. Se situó debajo de él y le asestó una cuchillada en el vientre. Stryker chilló y se abalanzó sobre ella, con sus ojos negros inyectados de furia. Era una herida superficial. «Excrepaches», murmuró Otulissa, y se preguntó cuánto tiempo más podría seguir defendiéndose. Con dos potentes aletazos se elevó por encima de Stryker y entonces, ejecutando un rizo de adentro hacia fuera que había aprendido de su querida Strix Struma, embistió, chillando:

—¡Ésta va por ti, Struma!

Y descargó su daga de hielo a través del aire.

—¡Excrepaches!

No le había acertado en la cabeza, pero su rama ardiendo se precipitaba hacia el suelo. Stryker jadeó al ver lo ocurrido con su arma. Se lanzó a través de la estela de chispitas que dejaba la rama en su caída. Pero Otulissa salió tras él y lo persiguió a través de la noche, aferrando su daga con ambas patas. Voló como nunca lo había hecho. Ruby se unió a ella en la feroz persecución, entrando y saliendo de los pasillos de roca de los desfiladeros.

—Oblígale a tomar tierra —dijo Ruby. Levantó su cimitarra de hielo en la negrura y gritó—: ¡Oblígale a tomar tierra!

Los dos pájaros intentarían atraparlo entre el fuego de abajo y el hielo de arriba.

Entretanto, Soren y Martin avanzaban hacia una garra de alquiler y otro Puro cuando Twilight apareció de repente.

—¿Dónde has estado? —farfulló Soren, sin apartar la vista del mercenario y el Puro a los que estaban acosando.

—Ya lo verás. ¡Mira esto!

El cárabo lapón se impulsó hacia delante con potentes aletazos.

—¿Va a ponerse a cantar una de sus puyas? —preguntó Martin.

Pero Twilight no tenía intención de cantar, pues se acercaba a una de las dos lechuzas.

—Eh, estúpido —gritó al mercenario—. ¡Mira allí arriba! ¡Alguien te espera!

Soren y Martin parpadearon cuando observaron que la garra de alquiler levantó la vista y vio los buitres, se desmadejó y fue a caer sobre una mata ardiendo en el suelo del desfiladero.

—¡Vamos a por el otro!

—¡Gylfie! —gritó Soren—. Te vi allí.

—Sí, no hay tiempo para hablar. He traído una unidad de la compañía E. Te presento a Frost Blossom y Grindlehof.

Soren se acordaba de Grindlehof, el pequeño mochuelo chico con el que Gylfie había practicado esgrima en la isla del Ave Oscura. Ahora Soren, Twilight y Martin continuaron la persecución con Gylfie y una reducida unidad de los Picos de Hielo. El pájaro al que perseguían, una lechuza australiana, estaba resultando duro de pelar. Casi lo alcanzaban y entonces, de alguna manera, volvía a escapar. Esa lechuza era una voladora excelente y ejecutaba giros cerrados y bruscos a velocidad muy alta.

Soren no sabía cuándo había empezado a tener una sensación extraña en su molleja, pero había algo malo en aquella persecución. Esa lechuza no sólo huía de ellos. Los llevaba a alguna parte. Entonces pareció como si de repente una de las paredes del desfiladero se abriera en la noche. Delante de ellos había la boca inmensa de una cueva. «¡Claro!», pensó Soren. Las lechuzas australianas eran llamadas también lechuzas de las cuevas, y sabían seguir los túneles que atravesaban las montañas por debajo.

Pero era demasiado tarde. Soren no sabía cómo había ocurrido. Volaban a velocidades terroríficas, pero casi parecía que la cueva hubiese extendido sus brazos para atraparlos. Tenía la sensación de ser engullido por un nuevo tipo de oscuridad.

De repente, una voz angustiada desgarró la negrura.

—¡No entréis! ¡No entréis!

—¡Digger! ¡Es Digger! —farfulló Soren.

Gylfie experimentó un tremendo escalofrío en su molleja cuando vio a Digger. Estaba de pie sobre una cornisa, sus fuertes patas atadas con enredaderas a una enorme roca.

Al mismo tiempo que los Guardianes divisaban a Digger, estalló un resplandor espantoso en la cueva, un fulgor horrendo y terrible. Sólo había una cosa que resplandeciera de ese modo. Era la máscara de metal del hermano de Soren, Kludd, Tyto Supremo y líder de los Puros.

Un pensamiento pasó como el rayo por la cabeza de Soren. «Voy a tener que matarlo. Voy a tener que matar a mi propio hermano o será el fin del reino de las lechuzas.» Los dos hermanos empezaron a acercarse con cautela, Soren con una espada de hielo que parecía demasiado larga para un espacio tan reducido, y Kludd con sus garras de combate. Éstas emitían un fulgor incandescente en las puntas. ¡Las habían encendido! Garras de fuego. Soren recordó lo que Bubo había dicho sobre el daño que podían causar a los dedos de la lechuza que las llevaba. Pero Kludd debía de pensar que esto era poco sacrificio a cambio de matar a su hermano.

—¡Tiene garras de fuego! —exclamó Digger.

—¡Todos las tenemos! —bramó Kludd.

De repente aparecieron seis lechuzas más, las puntas de sus garras ardiendo con llamas de un color anaranjado vivo en la negrura de la cueva. No había elección. «¡Tendré que intentar matar a mi propio hermano!» Había algo irreal en lo que estaba sucediendo. El tiempo pareció hacerse más lento para Soren.

Las dos lechuzas empezaron a encararse. Las demás, los Puros, los Guardianes así como los Picos de Hielo, luchaban más cerca de la boca de la cueva. Pero esta batalla, comprendió Soren, era sólo suya y de Kludd. Soren había levantado su espada de hielo, su filo transparente increíblemente afilado, en posición de ataque. Los dos pájaros volaban en círculos amplios, asestando rápidas estocadas más con la intención de distraer que de cortar. Soren sabía qué estaba haciendo Kludd. Trataba de llevarlo más hacia el interior de la cueva. Kludd conocía la distribución de la caverna. Soren no. «Podría llevarme a cualquier parte», pensó Soren. Sabía que había bolsas peligrosas de gas venenoso en cuevas en las que los animales solían morir de asfixia. «Tengo que mantener la distancia todo lo posible. Quizá se canse. No puedo matar a mi propio hermano. ¡Oh, por favor, Glaux! Haz que renuncie y se marche volando.» Soren sabía que eso era querer hacerse ilusiones. De repente hubo un fuerte estrépito, y tanto Soren como Kludd perdieron la concentración. ¡Digger estaba en el aire! Digger, con sus patas inmensamente largas y fuertes, se había liberado de la roca a la que estaba atado. Volaba con las enredaderas aún pegadas. Pero no llevaba ningún arma. «Por lo menos la situación ha mejorado», pensó Soren.

Entonces algo chispeó como un rastro brillante en la negrura de la cueva. Eran Gylfie y Frost Blossom, armadas con astillas de hielo. De repente estaban directamente debajo de Kludd. Fue rápido. Soren no supo quién había asestado el golpe en el blando bajo vientre de Kludd. Pero vio la sangre de su hermano salir a chorro hacia él y manchar de rojo el reluciente filo de su espada.

Entonces sucedió algo.

—¡Gylfie! —chilló Soren.

El hedor a plumas chamuscadas se propagó por la cueva. Vio al pequeño mochuelo duende esforzándose por volar con las primarias de su ala de estribor ennegrecidas y humeantes. «Se lo ha hecho Kludd», pensó Soren.

«¡Puedo matar a mi propio hermano!» Estas palabras estallaron en la cabeza de Soren. Con la molleja paralizada, empezó a blandir la espada de hielo mientras avanzaba. Kludd estaba débil. Retrocedía volando hacia un rincón de la cueva. Iba perdiendo altura.

Luego se oyó una especie de silbido y apareció una mancha plateada.

—Hiiii-ya.

Ninguna canción. Ninguna puya. Tan sólo una cuchillada de hielo resplandeciente en la oscuridad. Luego, un estrépito metálico cuando Kludd cayó contra el suelo de roca de la cueva. Empezó a formarse un charco de sangre. Las garras de fuego chisporrotearon en el líquido carmesí. Soren se posó en un saliente de roca y miró a su hermano. Estaba paralizado. No podía apartar los ojos. Los tenía fijos en el tajo que iba desde el cuello de Kludd hasta su cola, con el hueso de la columna vertebral partida asomando entre las plumas ensangrentadas del lomo. Soren parpadeó. «¡Mi hermano está muerto! Mi hermano, que me empujó fuera del nido cuando yo era un polluelo, está muerto. Mi hermano, que juró acabar conmigo, ¡está muerto!»

Era casi demasiado para que Soren pudiera asimilarlo. Su vida había estado condicionada por la brutalidad de Kludd. «De no haber sido por Kludd, jamás me habría separado de mis padres. De no haber sido por Kludd, jamás habría encontrado a los Guardianes de Ga'Hoole.» Soren no sentía euforia ni alivio. No sabía qué sentir. Era todo demasiado abrumador, demasiado misterioso, demasiado desconcertante.

—Soren, ¿estás bien? —dijo Twilight en voz baja.

Soren parpadeó. El silencio se había apoderado de la cueva.

—¡Twilight! —exclamó Soren con voz queda—. No te he oído llegar.

—¿Te refieres a que no he cantado ni me he mofado de él? —preguntó Twilight.

—Sí.

—He matado a tu hermano, Soren. No he creído oportuno que se fuera con una canción.

—Pero lo has matado. Has salvado a Gylfie, me has salvado a mí. —Hizo una pausa—. Twilight, ¿sabes qué significa esto? Significa el final de la guerra. Significa la derrota de los Puros.

—Sí —se limitó a responder Twilight—, la guerra ha terminado.

Y, sorprendentemente, en un momento en el que uno de los pájaros más fanfarrones del reino de las aves rapaces nocturnas habría podido presumir, Twilight no lo hizo. Parpadeó y dedicó su atención a Gylfie; Digger atendía su ala chamuscada. Entonces Twilight se posó junto al pequeño mochuelo duende.

—Me alegro de volver a verte, Gylfie. Has estado estupenda con esa astilla de hielo.

—Bueno, sí —dijo Gylfie débilmente.

—Se pondrá bien —tranquilizó Digger a Twilight—. Durante algún tiempo le costará trabajo volar. Pero me parece que estas plumas estaban a punto de mudar. ¿Dónde están ahora los demás Puros?

—Se han ido —contestó Twilight—. Los Picos de Hielo los han echado.

—Gylfie... Gylfie... Gylfie... No puedo creer que seas tú —dijo Soren a su querida amiga, parpadeando.

—Pues soy yo.

—Creía que ya no volvería a verte.

—Pero aquí estoy —respondió Gylfie—. Todos estamos aquí, Soren. Volvemos a estar juntos..., la banda está unida.

Y ahora los cuatro pájaros que se habían conocido tanto tiempo atrás se miraron unos a otros.

—Sí, volvemos a estar juntos —dijo Soren con solemnidad—. Y ahora debemos regresar a Ga'Hoole.

—No tengo demasiadas fuerzas, Soren —objetó Gylfie—. No sé si podré conseguirlo. Y creo que todas las camillas de enredadera para transportar a los heridos están siendo utilizadas.

—No necesitamos hamacas de enredadera para transportarte —anunció una voz.

—¡Cleve! —exclamó Gylfie—. ¿Qué haces aquí? Tenía entendido que no creías en la guerra.

—No creo en matar, pero creo en salvar vidas. Fui al refugio de los Hermanos de Glaux para aprender medicina, ¿recuerdas? Ahora, Gylfie, no sigas hablando. Ahorra tus fuerzas. Voy a buscar una unidad de Centellas de Glaux para que hagan un vacío de vuelo.

—Creía que sólo los piratas hacían eso —observó Gylfie, recordando cómo los *kraals* la habían transportado desde la Daga de Hielo hasta la tundra.

—¡Glaux bendito, no! —Acababa de llegar un Pico de Hielo—. Son demasiado estúpidos para idearlo ellos. Lo copiaron de nosotros. Es así cómo transportamos nuestros heridos durante la Guerra de las Garras de Hielo.

Así pues, la banda y seis pájaros de la división de las Centellas de Glaux alzaron el vuelo en la noche. Abajo, el paisaje ofrecía una sucesión de arbustos quemados y rocas chamuscadas. Muy pronto otras unidades de las Centellas de Glaux los siguieron, transportando otros Guardianes que habían resultado heridos. Silver y Nut Beam habían recibido heridas. Y un búho nival llamado Bruce, miembro del escuadrón de fuego, había muerto y lo transportaban en una de las hamacas de enredadera confeccionadas por el gremio de las tejedoras para trasladar lechuzas muertas o gravemente heridas. Bubo era uno de los que portaban la camilla, pues Bruce había sido un buen amigo suyo. Murmuraba con tristeza mientras volaba:

—No, Bruce, no dejaré que uno de esos buitres apestosos te coma.

Twilight miró hacia abajo y vio a los buitres desgarrando los cadáveres de los Puros. De repente bajó en picado con su espada de hielo, la hizo girar furiosamente y dispersó a los buitres.

—¿Por qué haces eso? —preguntó uno de los pájaros negros.

—¡Porque me apetece! —bramó Twilight.

Regresó junto a la banda y se situó al lado de las Centellas de Glaux que transportaban a Gylfie en el vacío de aire comprimido.

—Bueno, jovencito —Ezylryb se había incorporado a la formación junto a Soren—, vuelas muy bien con esas garras.

—¿De veras? — se sorprendió Soren.

Curiosamente, ahora las garras le parecían muy ligeras.

—¡Cleve! —exclamó Otulissa cuando se acercó para examinar el vacío—. ¿Qué haces aquí? Tenía entendido que no creías en la guerra.

—Creo en salvar vidas, Otulissa.

—Cleve es uno de nuestros mejores médicos aéreos —anunció un búho nival que formaba parte del transporte en vacío de las Centellas de Glaux.

—Oh, vaya —farfulló Otulissa, y Soren habría jurado ver el brillo de una ondulación en sus manchas.

Soren y Digger se miraron y estuvieron a punto de echarse a reír. Los dos pensaron lo mismo. ¿Estaba realmente coqueteando con ese médico aéreo? Otulissa les echó una ojeada y vio cómo la miraban. Enseguida apaciguó sus manchas y la ondulación se detuvo. Tosió levemente y dirigió su atención hacia el vacío de transporte.

—Vaya, esto es una manipulación sorprendente de la presión. La diferencia de presión origina de hecho un vacío viable. ¿Sabéis?, creo que Strix Emerilla, la célebre meteoróloga con la que estoy emparentada de lejos, contribuyó a idear esta estrategia de vuelo.

Soren guiñó el ojo a Gylfie como diciendo: «Hay cosas que nunca cambian.»

—Oh, Otulissa —dijo Gylfie con voz débil, e hizo una larga pausa—. ¡Me alegro de volver a verte!

El gran árbol rebosaba de actividad. A Soren le recordó la noche que la banda había llegado por primera vez hacía muchos inviernos. Había habido una escaramuza en las tierras fronterizas próximas al Territorio de Más Allá. Aquella noche, las galerías del gran hueco estaban repletas de pájaros que esperaban órdenes. Ya habían empezado a llegar algunos heridos. Los miembros de la banda se sentían abrumados por lo que habían visto: cascos de metal, velas, toda clase de chismes y la inmensa arpa de hierba a través de la cual las serpientes nodrizas se enroscaban para interpretar sus canciones.

Y ahora, al igual que entonces, sonó un gong. Un repentino silencio cayó sobre el gran hueco. Ezylryb voló hasta una percha amplia. Los heridos que estaban lo bastante sanos para desplazarse habían sido traídos desde la enfermería para oírle. El viejo autillo bigotudo observó la multitud de aves. Su ojo bizco parecía abarcarlos a todos, a cada Guardián, a cada Pico de Hielo y cada soldado de las Centellas de Glaux, a cada serpiente kieliana colgada de los balcones.

—Amigos míos, soldados, serpientes y pájaros, fue en la época de la lluvia cobriza de hace tres años cuando nos enfrentamos por primera vez a los Puros. Desde entonces han transcurrido muchas lluvias. Ahora está a punto de llegar el invierno, la estación de la lluvia blanca. Muchos han muerto por culpa de esos tiranos. La primera en morir fue nuestra querida Strix Struma, y el último, Glaux mediante, es Bruce, un veterano búho nival del escuadrón de fuego. Este poderoso enemigo ha estado a punto de superarnos. Con el terrible poder que detentaban en San Aegolius se habían convertido en una amenaza para todo el reino de las lechuzas, pero hemos luchado bien y hemos obtenido la victoria.

»Entramos en esta guerra por motivos simples y honrosos. Creemos en la libertad soberana de todos los seres vivos, ya sean pájaros, serpientes u osos. Creemos que la libertad otorga dignidad y que esclavizar una mente o un pueblo niega esa libertad y destruye esa dignidad. Si queremos que nuestra civilización perdure y prospere, sólo lo hará en libertad y con dignidad.

»Ahora es el momento en que debemos expresar nuestro agradecimiento y homenaje sinceros a nuestros hermanos y hermanas de los Reinos del Norte, sin cuyo inmenso apoyo nuestra misión habría estado condenada al fracaso. ¡Picos de Hielo! ¡División de Centellas de Glaux! ¡Dagas de Hielo! ¡Serpientes kielianas! Os damos las gracias y aclamamos vuestro valor.

Al oír estas palabras, se elevó un fuerte ululato de las aves de Ga'Hoole mientras aclamaban a los guerreros de los Reinos del Norte. Al cabo de unos minutos, Ezylryb extendió las alas para pedir silencio.

—Estos últimos años se han hecho sacrificios enormes. Ojalá pudiera adivinar el futuro y aseguraros que no habrá más. Pero uno nunca puede estar seguro. Ya hemos visto cómo los Puros distorsionaron la palabra «puro» hasta convertirla en sinónimo de odio, destrucción y despotismo; cómo crearon una sociedad en la que una raza de lechuzas se enfrentaba con otra. Debemos seguir velando para que esta maldad no vuelva a aparecer.

»Nuestros ideales son simples: honor y libertad. Debemos asegurarnos de que estas palabras no se desvíen nunca de su verdadero significado. Hacer esto requiere una vigilancia constante. La guerra ha terminado, pero no debemos descansar. Sería un descuido por mi parte no gritar: dondequiera que amenace la tiranía, volad hacia delante, impávidos, inquebrantables, indomables, hasta que se restablezca la paz y todos los reinos de lechuzas estén fuera de peligro.

CAPÍTULO 25

Espectros en la noche

En las profundidades de los desfiladeros donde los buitres todavía acechaban a los muertos, en un hueco en la grieta de un risco de roca chamuscada, una madre lechuza lloraba mientras su primer polluelo rompió el cascarón justo cuando volvía a aparecer la luna.

—Has llegado en el momento del eclipse, pequeño. Así pues, te pondré el nombre de todos los polluelos machos nacidos en un momento como éste. Te llamarás Nyroc, hijo mío. Crecerás y te harás fuerte y temible como tu padre.

El polluelo abrió un ojo hinchado y parpadeó ante la hermosa cara de luna de su mamá.

Al otro lado del mar de Hoolemere, sobre la isla de Hoole, lucía la misma luna. Era la última noche de la lluvia cobriza, justo antes de la estación de la lluvia blanca, cuando las enredaderas de Ga'Hoole se volvían de este color. Gylfie y Soren habían decidido volar hasta una percha muy alta al otro lado de la isla de Hoole. Porque ésa era la noche del eclipse lunar, y decían que el eclipse de luna que caía en la última noche de otoño era siempre el más hermoso de todos.

Justo cuando la sombra de la Tierra empezó a deslizarse sobre el borde de la luna, los dos amigos llegaron a la percha situada en la copa de un abeto. Era el único abeto que había en la isla de Hoole y se parecía a aquel en el que Soren había vivido tan poco tiempo con sus padres. Había sido idea de Gylfie ir hasta ese árbol para contemplar el eclipse lejos de los demás pájaros. Ella sabía que, en el fondo, Soren todavía estaba muy afectado por la muerte de su hermano. Una y otra vez le habían dicho que no había habido más remedio, que Kludd tenía que ser aniquilado. Pero Gylfie se daba cuenta de que nada de lo que le dijeran Digger, Twilight y ella misma podía tranquilizarlo. Había estado increíblemente callado. Gylfie sabía que la Señora Plithiver había entrado en el hueco varias veces y tratado de hablar con Soren, pero él se había mostrado insensible. Por último, Gylfie había decidido que tal vez ayudaría a su amigo alejarse del gran árbol en esa noche tan especial.

En más de una ocasión él había dicho a Gylfie, y sólo a Gylfie: «Creo que mamá y papá comprenderían a Kludd. ¿No te parece, Gylfie?» Y ella siempre contestaba: «Sí.» Se lo volvía a preguntar cuando oyeron un susurro detrás de ellos, y Eglantine se posó sobre la rama a su lado.

—Eglantine, ¿qué haces aquí? —preguntó Soren, algo sorprendido.

—Lo mismo que vosotros. He venido a ver el eclipse.

Soren se arrepintió un poco de no haber invitado a su hermana a acompañarlos. Pero había estado muy distraído en los dos días siguientes a su regreso.

—Oh, mirad —dijo Eglantine—, está dando el primer mordisco a la luna.

Observaron cómo la sombra de la Tierra se deslizaba sobre la luna despacio y en silencio. Era especialmente espléndido. La luna emitía un resplandor dorado. Era como si hubiese tomado prestado un poco de oro del sol para relucir todavía más antes de oscurecerse del todo. Entonces, justo cuando la luna desapareció, Soren distinguió algo tenue en la noche. Quizás era un poco de neblina arremolinándose desde la niebla que se extendía sobre el suelo.

—¿Está nevando? —preguntó Eglantine.

Soren se volvió hacia ella y parpadeó.

—No lo creo. ¿Por qué lo preguntas?

Eglantine parpadeó rápidamente varias veces, luego se inclinó sobre la percha y escudriñó la noche.

—Veo algo —anunció.

—Yo no veo nada —dijo Gylfie—. Mirad hacia arriba los dos. La sombra está pasando. Ya se puede empezar a ver de nuevo el borde de la luna.

Pero Soren y Eglantine no miraban hacia arriba. Miraban directamente a lo que Eglantine había creído al principio que era nieve, y Soren, que era niebla. Se estaba concentrando en una forma vagamente familiar. Parecía blanda y mullida, como el mejor plumón que una madre se arranca del pecho para un polluelo recién nacido.

«No voy a asustarme», pensó Eglantine, y sintió una curiosa calma que se apoderaba de ella.

«Desde luego que no, cariño.»

«¿Cómo ha ocurrido eso? —se preguntó Eglantine—. He oído una voz pero no había ningún sonido.»

«Han venido, Eglantine.» Era la voz de Soren, pero ella oía sus palabras dentro de su cabeza, no a través de sus oídos. Giró la cabeza para mirarle.

Él le devolvió la mirada. Entonces lo supo. Los espectros de sus padres habían vuelto con ellos. Dos formas pálidas y borrosas, dos siluetas queridas volaban sobre sus cabezas.

«Hemos vuelto, queridos hijos.»

«¿No para siempre?» Eglantine oyó su propia voz hablar con vacilación dentro de su mente.

Entonces fue la voz de Soren la que oyó: «¿Se trata de ese asunto pendiente del que me hablasteis por primera vez en el Bosque de los Espíritus?»

«Sí, y ahora ya está resuelto, Soren. Gracias a Glaux, está resuelto.» Era su mamá quien hablaba ahora.

«No había sitio para Kludd en el reino de las lechuzas», dijo su papá.

«Ni en la Tierra», agregó su madre.

La luna reaparecía, poco a poco. Gylfie miró a Soren y Eglantine. La noche estaba completamente despejada para ella. Pero sabía que algo les sucedía a su mejor amigo y a su hermana. Había tenido un presentimiento acerca de venir aquí esta noche, a este árbol concreto. No habría podido explicárselo nunca a nadie, pero tenía el presentimiento de que de alguna manera aquello podía ayudar a Soren.

Los espectros habían empezado a desvanecerse. Pero Soren y Eglantine no estaban tristes. Sabían que ahora sus padres podrían descansar en algún lugar del glaumora. Soren sabía ahora que lo que le había ocurrido a su hermano tenía que suceder, y sus padres lo entendían. Y eso era todo lo que realmente necesitaba saber.

LAS LECHUZAS
y demás personajes de
GUARDIANES DE GA'HOOLE

Las llamas

La banda

SOREN: Lechuza común, *Tyto alba,* del reino forestal de Tyto; Guardián en el Gran Árbol Ga'Hoole.

GYLFIE: Mochuelo duende, *Micranthene whitneyi,* del reino desértico de Kuneer; mejor amiga de Soren; Guardiana en el Gran Árbol Ga'Hoole.

TWILIGHT: Cárabo lapón, *Strix nebulosa,* volador libre, huérfano a las pocas horas de nacer; Guardián en el Gran Árbol Ga'Hoole.

DIGGER: Mochuelo excavador, *Speotyto cunicularius,* del reino desértico de Kuneer; perdido en el desierto tras el ataque en el que su familia fue asesinada por lechuzas de San Aegolius; Guardián en el Gran Árbol Ga'Hoole.

Los jefes del Gran Árbol Ga'Hoole

BORON: Búho nival, *Nyctea scandiaca,* rey de Hoole.

BARRAN: Búho nival, *Nyctea scandiaca,* reina de Hoole.

EZYLRYB: Autillo bigotudo, *Otus trichopsis,* el sabio instructor de interpretación del tiempo y de obtención de carbón en el Gran Árbol Ga'Hoole; mentor de Soren (también conocido como Lyze de Kiel).

STRIX STRUMA: Cárabo barrado, *Strix occidentalis,* la solemne instructora de navegación en el Gran Árbol Ga'Hoole; asesinada en la batalla contra los Puros.

DEWLAP: Mochuelo excavador, *Speotyto cunicularius,* ex instructora de Ga'Hoolología en el Gran Árbol Ga'Hoole; traidora durante el cerco del gran árbol.

SYLVANA: Mochuelo excavador, *Speotyto cunicularius,* joven instructora en el Gran Árbol Ga'Hoole.

Otros habitantes del Gran Árbol Ga'Hoole

OTULISSA: Cárabo barrado, *Strix occidentalis,* Guardiana de prestigioso linaje en el Gran Árbol Ga'Hoole.

MARTIN: Lechuza norteña, *Aegolius acadicus,* compañero de Soren en la brigada de Ezylryb.

RUBY: Lechuza campestre, *Asio flammeus,* compañera de Soren en la brigada de Ezylryb.

EGLANTINE: Lechuza común, *Tyto alba,* hermana menor de Soren.

MADAME PLONK: Búho nival, *Nyctea scandiaca,* la elegante cantante del Gran Árbol Ga'Hoole.

BUBO: Búho común, *Bubo virginianus,* herrero del Gran Árbol Ga'Hoole.

SEÑORA PLITHIVER: Serpiente ciega, antigua nodriza de la familia de Soren; miembro del gremio del arpa en el Gran Árbol Ga'Hoole.

OCTAVIA: Serpiente kieliana, nodriza de Madame Plonk y Ezylryb (también conocida como Brigid).

Los Puros

KLUDD: Lechuza común, *Tyto alba,* hermano mayor de Soren y Eglantine; jefe de los Puros (también conocido como Pico de Metal y Tyto Supremo).

NYRA: Lechuza común, *Tyto alba,* pareja de Kludd.

WORTMORE: Lechuza común, *Tyto alba,* teniente de la Guardia Pura.

UGLAMORE: Lechuza común, *Tyto alba,* teniente de la Guardia Pura.

STRYKER: Lechuza común, *Tyto alba,* teniente primero de la Guardia Pura a las órdenes de Nyra.

Jefes de la Academia San Aegolius para Lechuzas Huérfanas

SKENCH: Búho común, *Bubo virginianus,* Ablah General de la Academia para Lechuzas Huérfanas de San Aegolius.

SPOORN: Autillo occidental, *Otus kennicottii,* teniente primero de Skench.

Otros personajes

LA HERRERA ERMITAÑA DE VELO DE PLATA: Búho nival, *Nyctea scandiaca,* herrera independiente de todos los reinos del mundo de las lechuzas.

IFGHAR: Autillo bigotudo, *Otis trichopsis,* hermano de Ezylryb, traidor que luchó con el enemigo contra su hermano y la Liga Kieliana en la Guerra de las Garras de Hielo.

GRAGG: Serpiente kieliana ligada por lealtad a Ifghar, luchó con él contra la Liga Kieliana en la Guerra de las Garras de Hielo.

CLEVE DE FIRTHMORE: Cárabo barrado, *Strix occidentalis,* de la noble familia de Krakor, estudiante de medicina y pacifista.

TWILLA: Lechuza campestre, *Asio flammeus,* cuidadora de Ifghar en el refugio de los Hermanos de Glaux.

MOSS: Búho nival, *Nyctea scandiaca,* antiguo guerrero, ex comandante de la división de las Centellas de Glaux de la Liga Kieliana; viejo amigo de Ezylryb.

HOKE DE HOCK: Serpiente kieliana, comandante supremo retirado de la unidad secreta de las serpientes guerreras de la Liga Kieliana.

Índice

OTROS TÍTULOS
DE LA SERIE
LOS GUARDIANES DE GA'HOOLE

LA CAPTURA

KATHRYN LASKY

Soren nace en el bosque Tyto, un reino tranquilo en el que habitan en paz las lechuzas comunes. Pero el mal está al acecho en su mundo, un mal que amenaza con hacer pedazos la paz de Tyto y cambiar el curso de la vida de Soren para siempre. Capturado y trasladado a un desfiladero sombrío e inhóspito, al que llaman orfanato aunque la joven lechuza cree que es algo mucho peor, Soren y su reciente amigo Gylfie saben que la única escapatoria está arriba. Para huir tendrán que hacer algo que no han hecho nunca: volar.

Así comienza un viaje mágico. Por el camino, Soren y Gylfie conocen a Twilight y Digger. Los cuatro se unen para buscar la verdad y proteger el mundo de las lechuzas.

EL VIAJE

KATHRYN LASKY

Comenzó como un sueño. Buscaban el Gran Árbol Ga'Hoole, un lugar mítico en el que todas las noches una orden de lechuzas alza el vuelo para realizar buenas acciones. Soren, Gylfie, Twilight y Digger esperan hallar allí inspiración para combatir el mal que acecha en el reino de las lechuzas.

El viaje es largo y angustioso. Cuando Soren y sus amigos lleguen por fin al Gran Árbol Ga'Hoole, habrán de someterse a pruebas que jamás habían soñado y afrontar desafíos que nunca hubieran imaginado. Si son capaces de aprender de sus jefes y unos de otros, pronto se convertirán en verdaderas lechuzas de Ga'Hoole: honestas y valientes, sabias y sinceras.

EL RESCATE

KATHRYN LASKY

Desde que Soren fue secuestrado y llevado a la academia San Aegolius para Lechuzas Huérfanas, ha anhelado volver a ver a su hermana, Eglantine. Ahora ella ha regresado, pero ha sufrido una experiencia demasiado terrible para describirla con palabras y Ezylryb, el mentor de Soren, ha desaparecido. La intuición le dice a Soren que existe una conexión entre esos misteriosos sucesos.

Para rescatar a Ezylryb, Soren debe emprender una arriesgada búsqueda. Su misión lo llevará a enfrentarse a una fuerza más peligrosa que cualquier cosa que los gobernantes de San Aegolius hubieran podido concebir... y a una realidad que amenaza con destruir el reino de las lechuzas.